中国文学名家精品

Lishutong Sanwen Jingpin

李叔同散文精品

李叔同 著　周丽霞 主编

北方妇女儿童出版社

图书在版编目（CIP）数据

李叔同散文精品/李叔同著；周丽霞主编. —长
春：北方妇女儿童出版社，2015.1（2021.2重印）
（中国文学名家精品）
ISBN 978-7-5385-8162-1

Ⅰ．①李… Ⅱ．①李… ②周… Ⅲ．①散文集－中国
－现代 Ⅳ．①I266

中国版本图书馆CIP数据核字（2015）第007542号

李叔同散文精品
LI SHU TONG SAN WEN JING PIN

出 版 人	刘　刚
责任编辑	吴　桐
开　　本	700mm×980mm　1/16
印　　张	9
字　　数	148千字
版　　次	2015年5月第1版
印　　次	2021年2月第3次印刷
印　　刷	固安县云鼎印刷有限公司
出　　版	北方妇女儿童出版社
发　　行	北方妇女儿童出版社
地　　址	长春市净月开发区龙腾国际大厦A座
电　　话	总编办：0431-81629592
定　　价	26.80元

前　言

　　习近平总书记在文艺座谈会上指出，繁荣文艺创作、推动文艺创新，必须要有大批德艺双馨的文艺名家。我国作家艺术家应该成为时代风气的先觉者、先行者、先倡者，要通过更多有筋骨、有道德、有温度的文艺作品，书写和记录人民的伟大实践、时代的进步要求，彰显信仰之美、崇高之美。

　　是的，当历史跨入21世纪的新时代，我们党发出了实现中国梦的伟大号召，掀起了轰轰烈烈的复兴中国文化的运动。这就要求我们站在时代的前沿，薪火相传，一脉相承，弘扬中国有史以来优秀的、光明的、先进的、科学的、文明的文化，融合古今中外一切文化精华，构建具有中国特色的现代民族文化，向世界和未来展示中华民族的文化力量、文化价值与文化风采。

　　就文学创作而言，就是广大作家要接过近现代中国文学名家传递的笔墨圣火，照亮时代的道路，创造文学的繁荣；广大读者则应吸收近现代中国文学的精神力量，认识过去的时代，投身当代的建设。总之，中国的复兴需要大家添光加彩！

　　回首上世纪初，中国掀起了伟大的反帝反封建的民族解放运动，广大作家以此为崇高历史使命，把文字作为投枪匕首，走在时代最前列，创作了大量优秀的文学作品，发出了代表时代最强音的呐喊，振聋发聩，唤醒广大人民群众，开创了新文化运动，创造了现代文学。

　　中国现代文学是指用现代文学语言与文学形式，表达中国现代思想、感情、心理的文学，是在"五四"新文化运动影响下，广泛接受外国文学影响而形成的新兴文学，产生了极大的历史推动作用。

在新文化运动推动下，广大作家汲取中外文学营养，形成了新的文学形态。他们不仅用白话语言表现现代科学民主思想，而且在艺术形式与表现手法上对传统文学进行深入革新，创建了新的文学体裁。在叙述角度、抒情方式、描写手段以及结构组成等方面，都有全新创造，极具现代特色，成为真正现代意义上的文学。

中国现代文学的主流是人民的文学，广大作家深入火热的战斗生活中，极大加强了文学与民众的结合，文学与进步的社会思潮及民族解放、革命运动的自觉联系，这构成了中国现代文学的基本历史特征与传统。此时的文学，以表现普通民众生活、改造国民性格和社会人生为根本任务。

中国现代文学早期的发展，是在广大作家吸取外来文学营养使之民族化并继承民族传统使之现代化的过程中奠定基础的。对于如何正确对待传统文化与西方外来文化的问题，他们打破了抱残守缺的国粹主义思想，进行了彻底革新，曾对西方各个历史时期的文艺思潮、文学流派，包括各种文学形式、表现手法等，进行了全面介绍与广泛吸收，同时对我国传统文学遗产也进行了重新评价。这对促进思想与艺术的解放，促进文学的现代化，起到了重要作用，从而形成了现代文学的繁荣局面，促进了广大民众的觉醒。

接过20世纪中国文学作家的思想圣火，实现新时代民族文化复兴的中国梦，这是广大作家和读者义不容辞的神圣职责。为此，我们从诗歌、散文、小说三大文学体裁着手，特别编辑了这套《中国文学名家精品》，精选了许多文学名家的精品力作，代表了中国20世纪文学的高度，具有极强的权威性、可读性和艺术性。

这些文学名家，都是中国20世纪现代文学的开拓者和各种文学形式的集大成者，他们的作品来源于他们生活的时代，是那个时代社会生活的缩影，包含了作家本人对社会、生活的体验与思考，影响着社会的发展进程，具有永恒的魅力。他们是我们心灵的工程师，能够指导我们的人生发展，对于复兴中国文化具有深远的启迪作用。

作者简介

李叔同（1880—1942），谱名文涛，幼名成蹊，学名广侯，字息霜，别号漱筒。出家后法名演音，号弘一，晚号晚晴老人，后被人尊称为弘一法师。他是我国著名的音乐、美术教育家，书法家，戏剧活动家，是我国话剧的开拓者之一。著名的佛教僧侣。

1885年，李叔同接受启蒙教育，开始学习《百孝图》《返性篇》《格言联璧》及文选等。1892年，他开始读《尔雅》《说文》等，还学习训诂学。同时练习各朝书法，并以魏书为主。1894年，他开始读《左传》《汉史精华录》等。

1899年，李叔同迁居上海，开始其辉煌的艺术生涯，出版了《李庐诗钟》《李庐印谱》，并与著名画家任伯年等开设上海书画公会，每周出一张画报。1901年，他进入上海南洋公学读经济特科班。1904年，他在上海参加演出京剧《虫八蜡庙》《白水滩》等。1905年，他出版了《国学唱歌集》，还填词作曲了《祖国歌》，同年秋去往日本。

1906年，李叔同进入东京上野美术学校学习西洋绘画及音乐，由他一人编辑《音乐小杂志》的封面、绘画、文章，还组织"春柳社"研究新剧演技。1907年，他曾演《茶花女》，并饰演女主角，成为我国话剧艺术的先驱。1910年，他毕业回国，任教于天津高等工业学堂和直隶模范工业学堂。

1912年，李叔同回到上海城东女校授国文课和音乐课，并加入"南社"，任《太平洋报》主笔，与著名诗人柳亚子创办文美会，主编《文美杂志》。秋季，他到杭州任浙江两级师范学校音美教师。1915年，他应南京高等师范学校之聘，兼任该校国画音乐教授，往来于宁杭之间，并组织宁社。

1918年秋，李叔同入定慧寺拜师出家，改名演音，号弘一。9月，他到灵隐寺受戒，从此专心研究佛学律学。1929年，他到厦门整顿闽南佛学院的教育。1939年，他著《南山律在家备览略篇》。1941年，他编著《律钞宗要随讲别录》。1942年10月13日晚8时，他圆寂于泉州不二祠养老院的晚晴室，享年62岁。

李叔同多才多艺，诗文、词曲、话剧、绘画、书法、篆刻无所不能。他是中国油画、广告画和木刻的先驱之一。他的绘画创作主要有《自画像》《素描头像》《裸女》，以及《水彩》《佛画》等。其中的《自画像》，画风细腻缜密，表情描写细致入微，类似清末融合中西的宫廷肖像画，体现出较高的写实能力。《素描头像》是木炭画，手法简练而泼辣。《裸女》受其师黑田清辉影响，造型准确，色彩鲜明丰富，有些接近于印象主义，近看似不经意，远看晶莹明澈。

书法是李叔同毕生的爱好，他青年时期致力于临碑。他的书法作品有《游艺》《勇猛精进》等。他出家前的书体秀丽、挺健而潇洒。他出家后的书法渐变为超逸、淡冶。他晚年书法之作，愈加谨严、明净、平易、安详。李叔同的篆刻艺术，气息古厚，冲淡质朴，自辟蹊径，有《李庐印谱》《晚晴空印聚》。

李叔同还是我国现代版画艺术的最早创作者和倡导者。他广泛引进西方的美术派别和艺术思潮，组织西洋画研究会，其撰写的《西洋美术史》《欧洲文学之概观》《石膏模型用法》等著述，皆创下同时期国人研究之第一。

李叔同的诗词在我国近代文学史上同样占有一席之地。他年轻时即以才华横溢引起文坛瞩目。客居上海时，他将以往所作诗词手录为《诗钟汇编初集》，在"城南文社"社友中传阅，后又结集《李庐诗钟》。出家前夕，他将1900年至1907年间的20多首诗词自成书卷，其中就有《留别祖国并呈同学诸子》《哀国民之心死》等值得称道的佳作，表现了他对国家命运和民生疾苦的深切关注。

李叔同 散文精品 【目录】

我在西湖出家的经过

　　杭州这个地方实堪称为佛地，因为寺庙之多约有两千余所，可想见杭州佛法之盛了！

　　最近《越风》社要出关于《西湖》的增刊，由黄居士来函，要我做一篇《西湖与佛教之因缘》。我觉得这个题目的范围太广泛了，而且又无参考书在手，于短期间内是不能做成的；所以，现在就将我从前在西湖居住时，把那些值得追味的几件事情来说一说，也算是纪念我出家的经过。

　　我第一次到杭州是光绪二十八年（1902）七月（按：本篇所记的年月皆依旧历）。在杭州住了约一个月光景，但是并没有到寺院里去过。只记得有一次到涌金门外去吃过一回茶，同时也就把西湖的风景稍微看了一下。

　　第二次到杭州是民国元年的七月。这回到杭州倒住得很久，一直住了近十年，可以说是很久的了。我的住处在钱塘门内，离西湖很近，只两里路光景。在钱塘门外，靠西湖边有一所小茶馆名景春园。我常常一个人出门，独自到景春园的楼上去吃茶。

民国初年，西湖的情形完全与现在两样——那时候还有城墙及很多柳树，都是很好看的。除了春秋两季的香会之外，西湖边的人总是很少；而钱塘门外更是冷静了。

在景春园楼下，有许多的茶客，都是那些摇船抬轿的劳动者居多；而在楼上吃茶的就只有我一个人了。所以，我常常一个人在上面吃茶，同时还凭栏看着西湖的风景。

在茶馆的附近，就是那有名的大寺院——昭庆寺了。我吃茶之后，也常常顺便到那里去看一看。

民国二年夏天，我曾在西湖的广化寺里住了好几天。但是住的地方却不在出家人的范围之内，是在该寺的旁边，有一所叫作痘神祠的楼上。

痘神祠是广化寺专门为着要给那些在家的客人住的。我住在里面的时候，有时也曾到出家人所住的地方去看看，心里却感觉很有意思呢！

记得那时我亦常常坐船到湖心亭去吃茶。

曾有一次，学校里有一位名人来演讲，我和夏丏尊居士却出门躲避，到湖心亭上去吃茶呢！当时夏丏尊对我说："像我们这种人，出家做和尚倒是很好的。"我听到这句话，就觉得很有意思。这可以说是我后来出家的一个远因了。

到了民国五年的夏天，我因为看到日本杂志中有说及关于断食可以治疗各种疾病，当时我就起了一种好奇心，想来断食一下。因为我那时患有神经衰弱症，若实行断食后，或者可以痊愈亦未可知。要行断食时，须于寒冷的季候方宜。所以，我便预定十一月来作断食的时间。

至于断食的地点须先考虑一下，似觉总要有个很幽静的地方才好。当时我就和西泠印社的叶品三君来商量，结果他说在西湖附近

的虎跑寺可作为断食的地点。我就问他："既要到虎跑寺去，总要有人来介绍才对。究竟要请谁呢？"他说："有一位丁辅之是虎跑的大护法，可以请他去说一说。"于是他便写信请丁辅之代为介绍了。

因为从前的虎跑不像现在这样热闹，而是游客很少，且十分冷静的地方啊。若用来作为我断食的地点，可以说是最相宜的了。

到了十一月，我还不曾亲自到过。于是我便托人到虎跑寺那边去走一趟，看看在哪一间房里住好。回来后，他说在方丈楼下的地方倒很幽静的。因为那边的房子很多，且平常时候都是关着，客人是不能走进去的；而在方丈楼上，则只有一位出家人住着，此外并没有什么人居住。

等到十一月底，我到了虎跑寺，就住在方丈楼下的那间屋子里。我住进去以后，常看见一位出家人在我的窗前经过（即是住在楼上的那一位）。我看到他却十分的欢喜呢！因此，就时常和他谈话；同时，他也拿佛经来给我看。

我以前从五岁时，即时常和出家人见面，时常看见出家人到我的家里念经及拜忏。于十二三岁时，也曾学了放焰口。可是并没有和有道德的出家人住在一起，同时，也不知道寺院中的内容是怎样的，以及出家人的生活又是如何。

这回到虎跑去住，看到他们那种生活，却很欢喜而且羡慕起来了。

我虽然只住了半个多月，但心里却十分地愉快，而且对于他们所吃的菜蔬，更是欢喜吃。及回到学校以后，我就请用人依照他们那样的菜煮来吃。

这一次我到虎跑寺去断食，可以说是我出家的近因了。到了民国六年的下半年，我就发心吃素了。

在冬天的时候，即请了许多的经，如《普贤行愿品》《楞严经》及《大乘起信论》等很多的佛经。自己的房里，也供起佛像来，如地藏菩萨、观世音菩萨等的像。于是亦天天烧香了。

到了这一年放年假的时候，我并没有回家去，而到虎跑寺里面去过年。我仍住在方丈楼下。那个时候，则更感觉得有兴味了，于是就发心出家。同时就想拜那位住在方丈楼上的出家人做师父。

他的名字是弘详师。可是他不肯我去拜他，而介绍我拜他的师父。他的师父是在松木场护国寺里居住。于是他就请他的师父回到虎跑寺来，而我也就于民国七年正月十五日受三皈依了。

我打算于此年的暑假入山。预先在寺里住了一年后再实行出家的。当这个时候，我就做了一件海青，及学习两堂功课。

二月初五日那天，是我母亲的忌日，于是我就先于两天前到虎跑去，诵了三天的《地藏经》，为我的母亲回向。

到了五月底，我就提前先考试。考试之后，即到虎跑寺入山了。到了寺中一日以后，即穿出家人的衣裳，而预备转年再剃度。

及至七月初，夏丏尊居士来。他看到我穿出家人的衣裳但还未出家，他就对我说："既住在寺里面，并且穿了出家人的衣裳，而不出家，那是没有什么意思的。所以还是赶紧剃度好！"

我本来是想转年再出家的，但是承他的劝，于是就赶紧出家了。七月十三日那一天，相传是大势至菩萨的圣诞，所以就在那天落发。

落发以后仍须受戒的，于是由林同庄君介绍，到灵隐寺去受戒了。

灵隐寺是杭州规模最大的寺院，我一向是很欢喜的。我出家以后，曾到各处的大寺院看过，但是总没有像灵隐寺那么好！

八月底，我就到灵隐寺去，寺中的方丈和尚很客气，叫我住在客堂后面芸香阁的楼上。当时是由慧明法师做大师父的。有一天，我在客堂里遇到这位法师了。他看到我时就说："既系来受戒的，为什么不进戒堂呢？虽然你在家的时候是读书人，但是读书人就能这样地随便吗？就是在家时是一个皇帝，我也是一样看待的！"那

时方丈和尚仍是要我住在客堂楼上，而于戒堂里有了紧要的佛事时，方去参加一两回的。

那时候，我虽然不能和慧明法师时常见面，但是看到他那样的忠厚笃实，却是令我佩服不已的！

受戒以后，我就住在虎跑寺内。到了十二月，即搬到玉泉寺去住。此后即常常到别处去，没有久住在西湖了。

改过实验谈

癸酉正月在厦门妙释寺讲

今值旧历新年，请观厦门全市之中，新气象充满，门户贴新春联，人多着新衣，口言恭贺新喜、新年大吉等。我等素信佛法之人，当此万象更新时，亦应一新乃可。我等所谓新者何，亦如常人贴新春联、着新衣等以为新乎？曰：不然。我等所谓新者，乃是改过自新也。但"改过自新"四字范围太广，若欲演讲，不知从何说起。今且就余五十年来修省改过所实验者，略举数端为诸君言之。

余于讲说之前，有须预陈者，即是以下所引诸书，虽多出于儒书，而实合于佛法。因谈玄说妙修证次第，自以佛书最为详尽。而我等初学之人，持躬敦品、处事接物等法，虽佛书中亦有说者，但儒书所说，尤为明白详尽适于初学。故今多引之，以为吾等学佛法者之一助焉。以下分为总论别示二门。

一

总论者即是说明改过之次第：

1.学

须先多读佛书儒书，详知善恶之区别及改过迁善之法。倘因佛儒诸书浩如烟海，无力遍读，而亦难于了解者，可以先读《格言联璧》一部。余自儿时，即读此书。归信佛法以后，亦常常翻阅，甚觉其亲切而有味也。此书佛学书局有排印本甚精。

2.省

既已学矣，即须常常自己省察，所有一言一动，为善欤，为恶欤？若为恶者，即当痛改。除时时注意改过之外，又于每日临睡时，再将一日所行之事，详细思之。能每日写录日记，尤善。

3.改

省察以后，若知是过，即力改之。诸君应知改过之事，乃是十分光明磊落，足以表示伟大之人格。故子贡云："君子之过也，如日月之食焉；过也人皆见之，更也人皆仰之。"又古人云："过而能知，可以谓明。知而能改，可以即圣。"诸君可不勉乎！

二

别示者，即是分别说明余五十年来改过迁善之事。但其事甚多，不可胜举。今且举十条为常人所不甚注意者，先与诸君言之。《华严经》中皆用十之数目，乃是用十以表示无尽之意。今余说改过之事，仅举十条，亦尔；正以示余之过失甚多，实无尽也。此次讲说时间甚短，每条之中仅略明大意，未能详言，若欲知者，且俟他日面谈耳。

1.虚心

常人不解善恶，不畏因果，决不承认自己有过，更何论改？

但古圣贤则不然。今举数例：孔子曰："五十以学易，可以无大过矣。"又曰："闻义不能徙，不善不能改，是吾忧也。"蘧伯玉为当时之贤人，彼使人于孔子。孔子与之坐而问焉，曰："夫子何为？"对曰："夫子欲寡其过而未能也。"圣贤尚如此虚心，我等可以贡高自满乎！

2. 慎独

吾等凡有所作所为，起念动心，佛菩萨乃至诸鬼神等，无不尽知尽见。若时时作如是想，自不敢胡作非为。曾子曰："十目所视，十手所指，其严乎！"又引诗云："战战兢兢，如临深渊，如履薄冰。"此数语为余所常常忆念不忘者也。

3. 宽厚

造物所忌，曰刻曰巧。圣贤处事，惟宽惟厚。古训甚多，今不详录。

4. 吃亏

古人云："我不识何等为君子，但看每事肯吃亏的便是。我不识何等为小人，但看每事好便宜的便是。"古时有贤人某临终，子孙请遗训，贤人曰："无他言，尔等只要学吃亏。"

5. 寡言

此事最为紧要。孔子云："驷不及舌。"可畏哉！古训甚多，今不详录。

6. 不说人过

古人云："时时检点自己且不暇，岂有功夫检点他人。"孔子亦云："躬自厚而薄责于人。"以上数语，余常不敢忘。

7. 不文己过

子夏曰："小人之过也必文。"我众须知文过乃是最可耻之事。

8. 不覆己过

我等倘有得罪他人之处，即须发大惭愧，生大恐惧。发露陈

谢，忏悔前愆。万不可顾惜体面，隐忍不言，自诳自欺。

9. 闻谤不辩

古人云："何以息谤？曰：无辩。"又云："吃得小亏，则不至于吃大亏。"余三十年来屡次经验，深信此数语真实不虚。

10. 不嗔

嗔习最不易除。古贤云："二十年治一怒字，尚未消磨得尽。"但我等亦不可不尽力对治也。《华严经》云："一念嗔心，能开百万障门。"可不畏哉！

因限于时间，以上所言者殊略，但亦可知改过之大意。最后，余尚有数言，愿为诸君陈者：改过之事，言之似易，行之甚难。故有屡改而屡犯，自己未能强作主宰者，实由无始宿业所致也。务请诸君更须常常持诵阿弥陀佛名号，观世音地藏诸大菩萨名号，至诚至敬，恳切忏悔无始宿业，冥冥中自有不可思议之感应。承佛菩萨慈力加被，业消智朗，则改过自新之事，庶几可以圆满成就，现生优入圣贤之域，命终往生极乐之邦，此可为诸君预贺者也。

常人于新年时，彼此晤面，皆云恭喜，所以贺其将得名利。余此次于新年时，与诸君晤面，亦云恭喜，所以贺诸君将能真实改过，不久将为贤为圣；不久决定往生极乐，速成佛道，分身十方，普能利益一切众生耳。

律学要略

乙亥十一月在泉州承天寺律仪法会讲　万泉记

我出家以来，在江浙一带并不敢随便讲经或讲律，更不敢赴什么传戒的道场，其缘故是因个人感觉着学力不足。三年来在闽南虽曾讲过些东西，自心总觉非常惭愧的。这次本寺诸位长者再三地唤我来参加戒期胜会，情不可却，故今天来与诸位谈谈，但因时间匆促，未能预备，参考书又缺少，兼以个人精神衰弱，拟在此共讲三天。今天先专为求授比丘戒者讲些律宗历史，他人旁听，虽不能解，亦是种植善根之事。

为比丘者应先了知戒律传入此土之因缘，及此土古今律宗盛衰之大概。由东汉至曹魏之初，僧人无归戒之举，惟剃发而已。魏嘉平年中，天竺僧人法时到中土，乃立羯磨受法，是为戒律之始。当是时可算是真实传授比丘戒的开始，渐渐达至繁盛时期。

011

大部之广律，最初传来的是《十诵律》，翻译斯部律者，系姚秦时的鸠摩罗什法师，庐山净宗初祖远公法师亦竭力劝请赞扬。六朝时此律最盛于南方。其次翻译的是《四分律》，时期和《十诵律》相去不远，但迟至隋朝乃有人弘扬提倡，至唐初乃大盛。第三部是《僧律》，东晋时翻译的，六朝时北方稍有弘扬者。刘宋时继《僧律》后，有《五分律》，翻译斯律之人，即是译六十卷《华严经》者，文精而简，道宣律师甚赞，可惜罕有人弘扬。至其后有《有部律》，乃唐武则天时义净法师的译著，即是西藏一带最通行的律。当初义净法师在印度有二十余年的历史，博学强记，贯通律学精微，非至印度之其他僧人所能及，实空前绝后的中国大律师。义净回国，翻译终毕，他年亦老了，不久即圆寂，以后无有人弘扬，可惜！可惜！此外诸部律论甚多，不遑枚举。

关于《有部律》，我个人起初见之甚喜，研究多年；以后因朋友劝告即改研《南山律》，其原因是《南山律》依《四分律》而成，又稍有变化，能适合吾国僧众之根器故。现在我即专就《四分律》之历史大略说些。

唐代是《四分律》最盛时期，以前所弘扬的是《十诵律》，《四分律》少人弘扬；至唐初《四分律》学者乃盛，共有三大派：一《相部律》，依法砺律师为主；二《南山律》，以道宣律师为主；三《东塔律》，依怀素律师为主。法砺律师在道宣之前，道宣曾就学于他。怀素律师在道宣之后，亦曾亲近法砺道宣二律师。斯律虽有三大派之分，最盛行于世的可算《南山律》了。南山律师著作浩如烟海，其中《行事钞》最负盛名，是时任何宗派之学者皆须研行事钞；自唐至宋，解者六十余家，惟灵芝元照律师最胜，元照律师尚有许多其他经律的注释。元照后，律学渐渐趋于消沉，罕有人发心弘扬。

南宋后禅宗益盛，律学更无人过问，所有唐宋诸家的律学撰述数千卷悉皆散失；迨至清初，惟存《南山随机羯磨》一卷，如是观之，大足令人兴叹不已！明末清初有益、见月诸大师等欲重兴律宗，但最可憾者，是唐宋古书不得见。当时蕅益大师著述有《毗尼事义集要》，初讲时人数已不多，以后更少；结果成绩颓然。见月律师弘律颇有成绩，撰述甚多，有解《随机羯磨》者，毗尼作持，与南山颇有不同之处，因不得见南山著作故！此外尚有最负盛名的《传戒正范》一部，从明末至今，传戒之书独此一部，传戒尚存之一线曙光，惟赖此书；虽与南山之作未能尽合，然其功甚大，不可轻视；但近代受戒仪轨，又依此稍有增减，亦不是见月律师传戒正范之本来面目了。

南宋至清七百余年，关于唐宋诸家律学撰述，可谓无存；清光绪末年乃自日本请还唐宋诸家律书之一部分，近十余年间，在天津已刊者数百卷。此外续藏经中所收尚未另刊者，犹有数百卷。

今后倘有人发心专力研习弘扬，可以恢复唐代之古风，凡益、见月等所欲求见者今悉俱在；我们生此时候，实比蕅益、见月诸大师幸福多多。

但学律非是容易的事情，我虽然学律近二十年，仅可谓为学律之预备，窥见了少许之门径；再预备数年，乃可着手研究，以后至少须研究二十年，乃可稍有成绩。奈我现在老了，恐不能久住世间，很盼望你们有人能发心专学戒律，继我所未竟之志，则至善矣。

我们应知道：现在所流通之传戒正范，非是完美之书，何况更随便增减，所以必须今后恢复古法乃可；此皆你们的责任，我甚希望大家共同勉励进行！

今天续讲三皈、五戒、乃至菩萨戒之要略。

三皈、五戒、八戒、沙弥沙弥尼戒、式叉摩那戒、比丘比丘尼戒、菩萨戒等，就普通说，菩萨戒为大乘，余皆小乘，但亦未必尽然，应依受者发心如何而定。我近来研究南山律，内中有云："无论受何戒法，皆要先发大乘心。"由此看来，哪有一种戒法专名为小乘的呢！再就受戒方法论，如：三皈、五戒、沙弥沙弥尼戒，皆

用三皈依受；至于比丘比丘尼戒、菩萨戒，则须依羯磨文受；又如式叉摩那，则是作羯磨与学戒法，不是另外得戒，与上不同。再依在家出家分之：就普通说，在家如三皈、五戒、八戒等，出家如沙弥比丘等，实而言之，三皈、五戒、八戒，皆通在家出家。诸位听着这话，或当怀疑，今我以例证之，如：明灵峰蕅益大师，他初亦受比丘戒，后但退作三皈人，如是言之，只有三皈亦可算出家人。

又若单五戒亦可算出家人，因剃发以后，必先受五戒，后再受沙弥戒，未受沙弥戒前，止是五戒之出家人。故五戒通于在家出家，有在家优婆塞、出家优婆塞之别；例如：明蕅益大师之大弟子成时、性旦二师，皆自称为出家优婆塞。成时大师为编辑《净土十要》及《灵峰宗论》者，性旦大师为记录弥陀要解者，皆是明末的高僧。

八戒何为亦通在家出家？《药师经》中说：比丘亦可受八戒，比丘再受八戒为欲增上功德故。这样看起来，八戒亦通于僧俗。

以上略判竟，以下一一分别说之。

三皈：不属于戒，仅名三皈。三皈者：皈依佛，皈依法，皈依僧。未受以前必须要了解三皈道理，并非糊里糊涂地盲从瞎说，如这样子皆不得三皈。

所谓三宝有四种之别，一理体三宝，二化相三宝，三住持三宝，四一体三宝。尽讲起来很深奥复杂，现在且专就住持三宝来说。三宝意义是什么？佛，法，僧。所谓佛即形像，如：释迦佛像、药师佛像、弥陀佛像等；法即佛所说之经，如：《法华经》《楞严经》等，皆佛金口所流露出来之法；僧即出家剃发受戒有威仪之人。以上所说佛、法、僧道理，可谓最浅近，诸位谅皆能明了吧。

皈依即回转的意义，因前背舍三宝，而今转向三宝，故谓之皈依。但无论出家在家之人，若受三皈时，最重要点有二：第一要注意皈依三宝是何意义。第二当受三皈时，师父所说应当十分明白，或师父所讲的话，全是文言不能了解，如是决不能得三皈；或隔离太远，听不明白亦不得三皈；或虽能听到大致了解，其中尚有一二怀疑处，亦不得三皈。又正授之时，即是"皈依佛""皈依法"、"皈依僧"三说，此最要紧，应十分注意；以后之"皈依佛竟"、"皈依法竟""皈依僧竟"，是名三结，无关紧要；所以诸位发心受戒，应先了知三皈意义，又当正授时，要在先"皈依佛"等三语注意，乃可得三皈。

以上三皈说已。下说五戒。

五戒：就五戒言，亦要请师先为说明。五戒者：杀，盗，淫，妄，酒。当师父说明五戒意义时，切要用白话，浅近明了，使人易懂。受戒者听毕，应先自思量如是诸戒能持否，若不能全持，或一，或二，或三，或四，皆可随意；宁可不受，万不可受而不持！且就杀生而论，未受戒者，犯之本应有罪，若已受不杀戒者犯之，则罪更加重一倍，可怕不可怕呢！你们试想一想，如果不能受持，勉强敷衍，实是自寻烦恼！据我思之：五戒中最容易持的是：不邪淫，不饮酒；诸位可先受这两条最为稳当；至于杀与妄语，有大小之分，大者虽不易犯，小者实为难持；又五戒中最为难持的莫如盗戒，非于盗戒戒相研究十分明了之后，万不可率尔而受。所以我盼望诸位对于盗戒一条缓缓再说，至要！至要！但以现在传戒情形看起来，在这许多人众集合场中，实际上是不能如上一一别受；我想现在受五戒时，不妨合众总受五戒，俟受戒后，再自己斟酌取舍，亦未为不可；于自己所不能奉持的数条，可以在引礼师前或俗人前舍去，这样办法，实在十分妥当，在授者减麻烦，诸位亦可免除烦恼。另外还有一句要紧的话，倘有人怀疑于此大众混杂扰乱之时，心中不能专一注想，或恐犹未得戒者，不妨请性愿老法师或其他善知识，再为重授一次，他们当即慈悲允许。

要注意三皈五戒；当受五戒，应知于前说三皈正得戒体，最宜注意；后说五戒戒相为附属之文，

不是在此时得戒。又须请师先为说明五戒之广狭；例如：饮酒

一戒，不惟不饮泉州酒店之酒，凡尽法界虚空界之戒缘境酒，皆不可饮。杀，盗，淫，妄，亦复如是。所以受戒功德普遍法界，实非人力所能思议。

宝华山见月律师所编三皈五戒正范，所有开示多用骈体文，闻者万不能了解，等于虚文而已；最好请师译成白话。此外我更附带言之：近有为人授五戒者于不饮酒后加不吸烟一句，但这不吸烟可不必加入；应另外劝告，不应加入五戒文中。

以上说五戒毕，以下讲八戒。

八戒：具云八关斋戒。"关"者禁闭非逸，关闭所有一切非善事。"斋"是清的意思，绝诸一切杂想事。八关斋戒本有九条，因其中第七条包含两条，故合计为八条。前五与五戒同，后三条是另加的。后加三者，即：第六，华香璎珞香油涂身，这是印度美丽装饰之风俗，我国只有花香，并无璎珞等；但所谓香如吾国香粉、香水、香牙粉、香牙膏及香皂等，皆不可用。

第七，高胜床上坐，作倡伎乐故往观听。这就是两条合为一条的；现略为分析："高"是依佛制度，坐卧之床脚，最高不能超过一尺六寸；"胜"是指金银牙角等之装饰，此皆不可。但在他处不得已的时候，暂坐可开：佛制是专为自制的须结正罪，如别人已作成功的不是自制的，罪稍轻。作倡伎乐故往观听，音乐影戏等皆属此条；所谓故往观听之"故"字要注意，于无意中偶然听到或看见的不犯。以上高胜床上坐，作倡伎乐故往观听，共合为一条。受八关斋戒的人，皆不可为。

第八，非时食。佛制受八关斋戒后，自黎明至正午可食，倘越时而食，即叫做非时食。即平常所说的"过午不食。"但正午后，不单是饭等不可食，如牛奶水果等均不可用。如病重者，于不得已中，可在大家看不到地方开食粥等。

受八关斋戒，普通于六斋日受；六斋日者，即：初八，十四，十五，甘三，及月底最后二日；倘能发心日日受，那是最好不过了。受时要在每天晨起时，期限以一日一夜——天亮时至夜，夜至明早。——受八关斋戒后，过午不食一条，应从今天正午后至明日黎明时皆不可食。又八戒与菩萨戒比较别的戒有区别；因为八戒与菩萨戒，是顿立之戒。（但上说的菩萨戒，是局就《梵网》《璎珞》等而说的；若依《瑜伽戒本》，则属于渐次之戒。）这是什么缘故呢？未受五戒、沙弥戒、比丘戒，皆可即受菩萨戒或八戒，故曰顿立；若渐次之戒，必依次第，如先五戒，次沙弥戒，次比丘戒，层层上去的。以上所说八关斋戒，外江居士受的非常之多；我想闽南一带，将来亦应当提倡提倡！若嫌每月六日太多，可减至一日或两日亦无不可；因仅受一日，即有极大功德，何况六日全受呢！

沙弥戒：沙弥戒诸位已知道了吧？此乃正戒，共十条。其中九条同八戒，另加手不捉钱宝一条，合而为十。但手不捉钱宝一条，平常人不明白，听了皆怕；不知此不捉钱宝是易持之戒，律中有方便办法，叫做"说净"，经过说净的仪式后，亦可照常自己捉持；最为繁难者，是正戒十条外于比丘戒亦应学习，犯者结罪。我初出家时不晓得，后来学律才知道。这样看起来，持沙弥戒亦是不容易的一回事。

沙弥尼戒：即女众，法戒与沙弥同。

式叉摩那戒：梵语式叉摩那，此云学法女；外江各丛林，皆谓在家贞女为式叉摩那，这是错误的。闽南这边，那年开元寺传戒时，对于贞女不称式叉摩那，只用贞女之名，这是很通；平常人多不解何者为式叉摩那，我现在略为解释一下：

哪一种人可以受式叉摩那戒呢？要已受沙弥尼戒的人于十八岁时，受式叉摩那法，学习二年，然后再受比丘尼戒；因为佛制二十岁乃可受戒，于十八岁时，再学二年正当二十岁。于二年学习时，僧作羯磨，与学戒法；二年学毕乃可受比丘尼戒；但式叉摩那要学三法：一学根本法，——即四重戒。二学六法，——染心相触，盗

减五钱，断畜命，小妄语，非时食，饮酒。三学行法，——大尼诸戒，及威仪。

此仅是受学戒法，非另外得戒，故与他戒不同。以下讲比丘戒。

比丘戒：因时间很短，现在不能详细说明，惟有几句要紧话先略说之：

我们生此末法时代，沙弥戒与比丘戒皆是不能得的，原因甚多甚多！今且举出一种来说，就是没有能授沙弥戒比丘戒的人；若受沙弥戒，须二比丘授，比丘戒至少要五比丘授；倘若找不到比丘的话，不单比丘戒受不成，沙弥戒亦受不成。我有一句很伤心的话要对诸位讲：从南宋迄今六七百年来，或可谓僧种断绝了！以平常人眼光看起来，以为中国僧众很多，大有达至几百万之概；据实而论，这几百万中，要找出一个真比丘，怕也是不容易的事！如此怎样能受沙弥比丘戒呢？既没有能授戒的人，如何会得戒呢？我想诸位听到这话，心中一定十分扫兴；或以为既不得戒，我们白吃辛苦，不如早些回去好，何必在此辛辛苦苦做这种极无意味的事情呢？但如此怀疑是大不对的：我劝诸位应好好地、镇静地在此受沙弥戒比丘戒才是！虽不得戒，亦能种植善根，兼学种种威仪，岂不是好；又若想将来学律，必先挂名受沙弥比丘戒，否则以白衣学律，必受他人讥评：所以你们在这儿发心受沙弥比丘戒是很好的！

这次本寺诸位长老唤我来讲律学大意，我感着有种种困难之点；这是什么缘故？比方我在这儿，不依据佛所说的道理讲，一味地随顺他人顾惜情面敷衍了事，岂不是我害了你们吗！若依实在的话与你们讲，又恐怕因此引起你们的怀疑；所以我觉着十分困难。因此不得已，对于诸位分作两种说法：（一）老实不客气地，必须要说明受戒真相，恐怕诸位出戒堂后，妄自称为沙弥或比丘，致招重罪，那是不得了的事情！我有种比方，譬如：泉州这地方有司令官等，不识相的老百姓亦自称我是司令官，如司令官等听到，定遭不良结果，说不定有枪毙之危险！未得沙弥比丘戒者，妄自称为沙弥或比丘，必定遭恶报，亦就是这个道理。我为着良心的驱使，所以要对诸位说老实话。（二）以现在人情习惯看起来，我总劝诸位受戒，挂个虚名，受后俾可学律；不然，定招他人诽谤之虞；这样的说，诸位定必明了吧。

更进一层说，诸位中若有人真欲绍隆僧种，必须求得沙弥比丘戒者，亦有一种特别的方法；即是如益大师礼占察忏仪，求得清净轮相，即可得沙弥比丘戒；除此以外，无有办法。故益大师云："末世欲得净戒，舍此占察轮相之法，更无别途。"因为得清净轮相之后，即可自誓总受菩萨戒而沙弥比丘戒皆包括在内，以后即可称为菩萨比丘。礼占察忏得清净轮相，虽是极不容易的事，倘诸位中有真发大心者，亦可奋力进行，这是我最希望你们的。以下说比丘尼戒：

比丘尼戒：现在不能详说。依据佛制，比丘尼戒要重复受两次；先依尼僧授本法，后请大僧正授，但正得戒时，是在大僧正授时；此法南宋以后已不能实行了。最后说菩萨戒：

菩萨戒：为着时间关系，亦不能详说。现在略举三事：（一）要有菩萨种性，又能发菩提心，然后可受菩萨戒。什么是种性呢？就简单来说，就是多生以来所成就的资格。所以当受戒时，戒师问："汝是菩萨否？"应答曰："我是菩萨！"这就是菩萨种性。戒师又问："既是菩萨，已发菩提心否？"应答曰："已发菩提心。"这就是发菩提心。如这样子才能受菩萨戒。（二）平常人受菩萨戒者皆是全受；但依《璎珞本业经》，可以随身分受，或一或多；与前所说的受五戒法相同。（三）犯相重轻，依旧疏新疏有种种差别，应随个人力量而行；现以例说，如：妄语戒，旧疏说大妄语乃犯波罗夷罪，新疏说，小妄语即犯波罗夷罪。至于起杀盗淫妄之心，即犯波罗夷，乃是为地上菩萨所制。我等凡夫是做不到的。

所谓菩萨戒虽不易得，但如有真诚之心，亦非难事；且可自誓受，不比沙弥比丘戒必须要请他人授；因为菩萨戒、五戒、八戒皆

可自誓受，所以我们颇有得菩萨戒之希望！

　　今天《律学要略》讲完，我想在其中有不妥当处或错误处，还请诸位原谅。最后我尚有几句话：诸位在此受戒很好。在近代说，如外江最有名望的地方，虽有传戒，实不及此地完备，这是这里办事很有热心，很有精神，很有秩序，诚使我佩服，使我赞美。就以讲律来说，此地戒期中讲《沙弥律》《比丘戒本》《梵网经》，他方是难有的。几年前泉州大开元寺于戒期中提倡讲律，大家皆说是破天荒的举动。本寺此次传戒之美备，实与数年前大开元寺相同；并有露天演讲，使外人亦有种植善根之机缘，诚办事周到之处。本年天灾频仍，泉州亦不在例外，在人心惨痛、境遇萧条的状况中，本寺居然以极大规模，很圆满地开戒，这无非是诸位长老及大护法的道德感化所及；我这次到此地，心实无限欢喜，此是实话，并非捧场；此次能碰着这大机缘与诸位相聚，甚慰衷怀，最后还要与诸位恭喜。

南闽十年之梦影

丁丑二月十六日在南普陀寺佛教养正院讲

　　我一到南普陀寺，就想来养正院和诸位法师讲谈讲谈，原定的题目是"余之忏悔"，说来话长，非十几小时不能讲完；近来因为讲律，须得把讲稿写好，总抽不出一个时间来，心里又怕负了自己的初愿，只好抽出很短的时间，来和诸位谈谈，谈我在南闽十年中的几件事情！

　　我第一回到南闽，在民国十七年的十一月，是从上海来的。起初还是在温州，我在温州住得很久，差不多有十年光景。

　　由温州到上海，是为着编辑《护生画集》的事，和朋友商量一切；到十一月底，才把《护生画集》编好。

　　那时我听人说：尤惜阴居士也在上海。他是我旧时很要好的朋友，我就想去看一看他。一天下午，我去看尤居士，居士说要到暹

罗国去，第二天一早就要动身的。我听了觉得很喜欢，于是也想和他一道去。

我就在十几小时中，急急地预备着。第二天早晨，天还没大亮，就赶到轮船码头，和尤居士一起动身到暹罗国去了。从上海到暹罗，是要经过厦门的，料不到这就成了我来厦门的因缘。十二月初，到了厦门，承陈敬贤居士的招待，也在他们的楼上吃过午饭，后来陈居士就介绍我到南普陀寺来。那时的南普陀，和现在不同，马路还没有建筑，我是坐着轿子到寺里来的。

到了南普陀寺，就在方丈楼上住了几天。时常来谈天的，有性愿老法师、芝峰法师等。芝峰法师和我同在温州，虽不曾见过面，却是很相契的。现在突然在南普陀寺晤见了，真是说不出的高兴。

我本来是要到暹罗去的，因着诸位法师的挽留，就留滞在厦门，不想到暹罗国去了。

在厦门住了几天，又到小云峰那边去过年。一直到正月半以后才回到厦门，住在闽南佛学院的小楼上，约莫住了三个月工夫。看到院里面的学僧虽然只有二十几位，他们的态度都很文雅，而且很有礼貌，和教职员的感情也很不差，我当时很赞美他们。

这时芝峰法师就谈起佛学院里的课程来。他说："门类分得很多，时间的分配却很少，这样下去，怕没有什么成绩吧？"

因此，我表示了一点意见，大约是说："把英文和算术等删掉，佛学却不可减少，而且还得增加，就把腾出来的时间教佛学吧！"

他们都很赞成。听说从此以后，学生们的成绩，确比以前好得多了！

我在佛学院的小楼上，一直住到四月间，怕将来的天气更会热起来，于是又回到温州去。

第二回到南闽，是在一九二九年十月。起初在南普陀寺住了几天，以后因为寺里要做水陆，又搬到太平岩去住。等到水陆圆满，又回到寺里，在前面的老功德楼住着。

当时闽南佛学院的学生，忽然增加了两倍多，约有六十多位，管理方面不免感到困难。虽然竭力的整顿，终不能恢复以前的样子。不久，我又到小雪峰去过年，正月半才到承天寺来。

那时性愿老法师也在承天寺，在起草章程，说是想办什么研究社。

不久，研究社成立了，景象很好，真所谓"人才济济"，很有一种难以形容的盛况。现在妙释寺的善契师，南山寺的传证师，以及已故南普陀寺的广究师，……都是那时候的学僧哩！

研究社初办的几个月间，常住的经忏很少，每天有工夫上课，所以成绩卓著，为别处所少有。当时我也在那边教了两回写字的方法，遇有闲空，又拿寺里那些古版的藏经来整理整理，后来还编成目录，至今留在那边。这样在寺里约莫住了三个月，到四月，怕天气要热起来，又回到温州去。

民国二十年九月，广洽法师写信来，说很盼望我到厦门去。当时我就从温州动身到上海，预备再到厦门；但许多朋友都说：时局不大安定，远行颇不相宜，于是我只好仍回温州。直到转年（即民国二十一年）十月，到了厦门，计算起来，已是第三回了！

到厦门之后，由性愿老法师介绍，到山边岩去住；但其间妙释寺也去住了几天。那时我虽然没有到南普陀来住，但佛学院的学僧和教职员，却是常常来妙释寺谈天的。

民国二十二年正月廿一日，我开始在妙释寺讲律。

这年五月，又移到开元寺去。

当时许多学律的僧众，都能勇猛精进，一天到晚的用功，从没有空过的工夫；就是秩序方面也很好，大家都啧啧地称赞着。

有一天，已是黄昏时候了！我在学僧们宿舍前面的大树下立着，各房灯火发出很亮的光；诵经之声，又复朗朗入耳，一时心中觉得有无限的欢慰！可是这种良好的景象，不能长久地继续下去，

恍如昙花一现，不久就消失了。但是当时的景象，却很深的印在我的脑中，现在回想起来，还如在大树底下目睹一般。这是永远不会消灭，永远不会忘记的啊！

十一月，我搬到草庵来过年。

民国二十三年二月，又回到南普陀。

当时旧友大半散了；佛学院中的教职员和学僧，也没有一位认识的！

我这一回到南普陀寺来，是准了常惺法师的约，来整顿僧教育的。后来我观察情形，觉得因缘还没有成熟，要想整顿，一时也无从着手，所以就作罢了。此后并没有到闽南佛学院去。

讲到这里，我顺便将我个人对于僧教育的意见，说明一下：

我平时对于佛教是不愿意去分别哪一宗、哪一派的，因为我觉得各宗各派，都各有各的长处。

但是有一点，我以为无论哪一宗哪一派的学僧，却非深信不可，那就是佛教的基本原则，就是深信善恶因果报应的道理。善有善报，恶有恶报；同时还须深信佛菩萨的灵感！这不仅初级的学僧应该这样，就是升到佛教大学也要这样！

善恶因果报应和佛菩萨的灵感道理，虽然很容易懂，可是能彻底相信的却不多。这所谓信，不是口头说说的信，是要内心切切实实去信的呀！

咳！这很容易明白的道理，若要切切实实地去信，却不容易啊！

我以为无论如何，必须深信善恶因果报应和诸佛菩萨灵感的道理，才有做佛教徒的资格！

须知善有善报，恶有恶报，这种因果报应，是丝毫不爽的！又须知我们一个人所有的行为，一举一动，以至起心动念，诸佛菩萨都看得清清楚楚！

一个人若能这样十分决定地信着，他的品行道德，自然会一天比一天地高起来！

要晓得我们出家人，就所谓"僧宝"，在俗家人之上，地位是很高的。所以品行道德，也要在俗家人之上才行！

倘品行道德仅能和俗家人相等，那已经难为情了！何况不如？又何况十分的不如呢？……咳！……这样他们看出家人就要十分的轻慢，十分的鄙视，种种讥笑的话，也接连地来了。……

记得我将要出家的时候，有一位在北京的老朋友写信来劝告我，你知道他劝告的是什么，他说："听到你要不做人，要做僧去。……"

咳！……我们听到了这话，该是怎样的痛心啊！他以为做僧的，都不是人，简直把僧不当人看了！你想，这句话多么厉害呀！

出家人何以不是人？为什么被人轻慢到这地步？我们都得自己反省一下！我想这原因都由于我们出家人做人太随便的缘故；种种太随便了，就闹出这样的话柄来了。

至于为什么会随便呢？那就是由于不能深信善恶因果报应和诸佛菩萨灵感的道理的缘故。倘若我们能够真正生信，十分决定地信，我想就是把你的脑袋斫掉，也不肯随便的了！

以上所说，并不是单单养正院的学僧应该牢记，就是佛教大学的学僧也应该牢记，相信善恶因果报应和诸佛菩萨灵感不爽的道理！

就我个人而论，已经是将近六十的人了，出家已有二十年，但我依旧喜欢看这类的书！——记载善恶因果报应和佛菩萨灵感的书。

我近来省察自己，觉得自己越弄越不像了！所以我要常常研究这一类的书：希望我的品行道德，一天高尚一天；希望能够改过迁善，做一个好人；又因为我想做一个好人，同时我也希望诸位都做好人！

这一段话，虽然是我勉励我自己的，但我很希望诸位也能照样去实行！

关于善恶因果报应和佛菩萨灵感的书，印光老法师在苏州所办的弘化社那边印得很多，定价也很低廉，诸位若要看的话，可托广

洽法师写信去购请，或者他们会赠送也未可知。

以上是我个人对于僧教育的一点意见。下面我再来说几样事情：

我于民国二十四年到惠安净峰寺去住。到十一月，忽然生了一场大病，所以我就搬到草庵来养病。

这一回的大病，可以说是我一生的大纪念！

我于民国二十五年的正月，扶病到南普陀寺来。在病床上有一只钟，比其他的钟总要慢两刻，别人看到了，总是说这个钟不准，我说："这是草庵钟。"

别人听了"草庵钟"三字还是不懂，难道天下的钟也有许多不同的么？现在就让我详详细细的来说个明白：

我那一回大病，在草庵住了一个多月。摆在病床上的钟，是以草庵的钟为标准的。而草庵的钟，总比一般的钟要慢半点。

我以后虽然移到南普陀，但我的钟还是那个样子，比平常的钟慢两刻，所以"草庵钟"就成了一个名词了。这件事由别人看来，也许以为是很好笑的吧！但我觉得很有意思！因为我看到这个钟，就想到我在草庵生大病的情形了，往往使我发大惭愧，惭愧我德薄业重。

我要自己时时发大惭愧，我总是故意地把钟改慢两刻，照草庵那钟的样子，不止当时如此，到现在还是如此，而且愿尽形寿，常常如此。

以后在南普陀住了几个月，于五月间，才到鼓浪屿日光岩去。十二月仍回南普陀。

到今年民国二十六年，我在闽南居住，算起来，首尾已是十年了。

回想我在这十年之中，在闽南所做的事情，成功的却是很少很少，残缺破碎的居其大半，所以我常常自己反省，觉得自己的德行实在十分欠缺！

因此近来我自己起了一个名字，叫"二一老人"。什么叫

"二一老人"呢？这有我自己的根据。

记得古人有句诗："一事无成人渐老。"

清初吴梅村（伟业）临终的绝命词有："一钱不值何消说。"

这两句诗的开头都是"一"字，所以我用来做自己的名字，叫做"二一老人"。

因此我十年来在闽南所做的事，虽然不完满，而我也不怎样地去求他完满了！

诸位要晓得：我的性情是很特别的，我只希望我的事情失败，因为事情失败、不完满，这才使我常常发大惭愧！能够晓得自己的德行欠缺，自己的修善不足，那我才可努力用功，努力改过迁善！

一个人如果事情做完满了，那么这个人就会心满意足，洋洋得意，反而增长他贡高我慢的念头，生出种种的过失来！所以还是不去希望完满的好！

不论什么事，总希望他失败，失败才会发大惭愧！倘若因成功而得意，那就不得了啦！

我近来，每每想到"二一老人"这个名字，觉得很有意味！

这"二一老人"的名字，也可以算是我在闽南居住了十年的一个最好的纪念！

最后之□□

戊寅十一月二十四日在南普陀寺佛教养正院同学会席上讲

佛教养正院已办有四年了。诸位同学初来的时候，身体很小，经过四年之久，身体皆大起来了，有的和我也差不多。啊！光阴很快！人生在世，自幼年至中年，自中年至老年，虽然经过几十年之光景，实与一会儿差不多。

就我自己而论，我的年纪将到六十了。回想从小孩子的时候起到现在，种种经过，如在目前。啊，我想我以往经过的情形，只有一句话可以对诸位说：就是"不堪回首"而已。

我常自己来想：啊，我是一个禽兽吗？好像不是，因为我还是一个人身；我的天良丧尽了吗？好像还没有，因为我尚有一线天良，常常想念自己的过失。我从小孩子起，一直到现在都埋头造恶吗？好像也不是，因为我小孩子的时候，常行袁了凡的功过格；

三十岁以后，很注意于修养；初出家时，也不是没有道心。虽然如此，但出家以后，一直到现在，便大不相同了。因为出家以后二十年之中，一天比一天堕落——身体虽然不是禽兽，而心则与禽兽差不多；天良虽然没有完全丧尽，但是昏愦糊涂，一天比一天利害。抑或与天良丧尽也差不多了！讲到埋头造恶的一句话，我自从出家以后，恶念一天比一天增加，善念一天比一天退失，一直到现在，可以说是醇乎其醇的一个埋头造恶的人——这个也无须客气也无须谦让的了。

就以上所说看起来，我从出家后已经堕落到这种地步，真可令人惊叹。其中到闽南以后十年的工夫，尤其是堕落的堕落。去年春间，曾经在养正院讲过一次，所讲的题目，就是"南闽十年的梦影"。那一次所讲的字字之中，都可以看到我的泪痕。诸位应当还记得吧？

可是到了今年，比去年更不像样子了。自从正月二十到泉州，这两个月之中，弄得不知所云。不只我自己看不过去，就是我的朋友也说我：以前如闲云野鹤，独往独来，随意栖止，何以近来竟大改常度？到处演讲，常常见客，时时宴会，简直变成一个"应酬的和尚"了——这是我的朋友所讲的。啊，"应酬的和尚"——这五个字，我想我自己近来，倒很有几分相像。

如是在泉州住了两个月。以后又到惠安，到厦门，到漳州，都是继续前愆：除了利养还是名闻；除了名闻还是利养。日常生活总不在名闻利养之外。虽在瑞竹岩住了两个月，稍少闲静，但是不久又到祈保亭，冒充善知识，受了许多的善男信女的礼拜供养，可以说是惭愧已极了！

九月又到安海，住了一个月，十分的热闹。近来再到泉州，虽然时常起一种恐惧厌离的心，但是仍不免向这一条名闻利养的路上前进。可是，近来也有一件可庆幸的事，因为我近来得到永春十五岁小孩子的一封信，他劝我：以后不可常常宴会，要养静用功。信

中又说起他近来的生活，如吟诗，赏月，看花，静坐等——洋洋千言的一封信。

啊！他是一个十五岁的小孩子，竟有如此高尚的思想，正当的见解。我看到他这一封信，真是惭愧万分了。我自从得到他的信以后，就以十分坚决的心谢绝宴会。虽然得罪了别人，也不管他。这个也可算是近来一件可庆幸的事了。

虽然是如此，但我的过失也太多了。可以说是从头至足，没有一处无过失，岂只谢绝宴会，就算了结了吗？！尤其是今年几个月之中，极力冒充善知识，实在是太为佛门丢脸。别人或者能够原谅我；但我对我自己绝对不能够原谅，断不能如此马马虎虎地过去。所以，我近来对人讲话的时候，绝不顾惜情面。决定赶快料理没有了结的事情，将"法师""老法师""律师"等名目，一概取消；将"学人侍者"等，一概辞谢。孑然一身，遂我初服。这个——或者亦是我一生的大结束了！

啊！再过一个多月，我的年纪要到六十了。像我出家以来，既然是无惭无愧，埋头造恶，所以到现在，所做的事大半支离破碎，不能圆满。这个也是分所当然。只有对于养正院诸位同学，相处四年之久，有点不能忘情。我很盼望养正院，从此以后能够复兴起来，为全国模范的僧学院。可是我的年纪老了，又没有道德学问，我以后对于养正院也只可说"爱莫能助"了。

啊，与诸位同学谈得时间也太久了，且用古人的诗来作临别赠言。诗云：

□□□□□□□

万事都从缺陷好；

吟到夕阳山外山，

古今谁免余情绕。

佛法宗派大概

戊寅十月七日在安海金墩宗祠讲

关于佛法之种种疑问，前已略加解释。诸君既无所疑惑，思欲着手学习，必须先了解佛法之各种宗派乃可。

原来佛法之目的，是求觉悟本无种种差别。但欲求达到觉悟之目的地以前，必有许多途径。而在此途径上，自不妨有种种宗派之不同也。

佛法在印度古代时，小乘有各种部执，大乘虽亦分"空""有"二派，但未别立许多门户。吾国自东汉以后，除将印度所传来之佛法精神完全承受外，并加以融化光大，于中华民族文化之伟大悠远基础上，更开展中国佛法之许多特色。至隋唐时，便渐成就大小乘各宗分立之势。今且举十宗而略述之。

一、律宗（又名南山宗）

唐终南山道宣律师所立。依法华、涅槃经义，而释通小乘律，立圆宗戒体正属出家人所学，亦明在家五戒、八戒义。

唐时盛，南宋后衰，今渐兴。

二、俱舍宗

依俱舍论而立。分别小乘名相甚精，为小乘之相宗。欲学大乘法相宗者固应先学此论，即学他宗者亦应以此为根底，不可以其为小乘而轻忽之也。

陈隋唐时盛弘，后衰。

三、成实宗

依成实论而立。为小乘之空宗，微似大乘。

六朝时盛，后衰，唐以后殆罕有学者。

以上二宗，即依二部论典而形成，并由印度传至中土。虽号称宗，然实不过二部论典之传持授受而已。

以上二宗属小乘，以下七宗皆是大乘，律宗则介于大小之间。

四、三论宗（又名性宗、空宗）

三论者，即中论、百论、十二门论，是三部论皆依般若经而造。姚秦时，龟兹国鸠摩罗什三藏法师来此土弘传。

唐初犹盛，以后衰。

五、法相宗（又名慈恩宗、有宗）

此宗所依之经论，为解深密经、瑜伽师地论等。唐玄奘法师盛弘此宗。又糅合印度十大论师所著之唯识三十颂之解释而编纂成唯识论十卷，为此宗著名之典籍。此宗最要，无论学何宗者皆应先学此以为根底也。

唐中叶后衰微，近复兴，学者甚盛。

以上二宗，印度古代有之，即所谓"空""有"二派也。

六、天台宗（又名法华宗）

六朝时此土所立，以法华经为正依。至隋智者大师时极盛。其教义，较前二宗为玄妙。

隋唐时盛，至今不衰。

七、华严宗（又名贤首宗）

唐初此土所立，以华严经为依。至唐贤首国师时而盛，至清凉国师时而大备。此宗最为广博，在一切经法中称为教海。

宋以后衰，今殆罕有学者，至可惜也。

八、禅宗

梁武帝时，由印度达摩尊者传至此土。斯宗虽不立文字，直明实相之理体。而有时却假用文字上之教化方便，以弘教法。如《金刚》《楞伽》二经，即是此宗常所依用者也。

唐宋时甚盛，今衰。

九、密宗（又名真言宗）

唐玄宗时，由印度善无畏三藏、金刚智三藏先后传入此土。斯宗以《大日经》《金刚顶经》《苏悉地经》三部为正所依。

元后即衰，近年再兴，甚盛。

在大乘各宗中，此宗之教法最为高深，修持最为真切。常人未尝穷研，辄轻肆毁谤，至堪痛叹。余于十数年前，惟阅《密宗仪轨》，亦尝轻致疑议。以后阅《大日经疏》，乃知密宗教义之高深，因痛自忏悔。愿诸君不可先阅《仪轨》，应先习经教，则可无诸疑惑矣。

十、净土宗

始于晋慧远大师，依《无量寿经》《观无量寿佛经》《阿弥陀经》而立。三根普被，甚为简易，极契末法时机。明季时，此宗大盛。至于近世，尤为兴盛，超出各宗之上。

以上略说十宗大概已竟。大半是摘取近人之说以叙述之。

就此十宗中，有小乘、大乘之别。而大乘之中，复有种种不同。吾人于此，万不可固执成见，而妄生分别。因佛法本来平等无二，无有可说，即佛法之名称亦不可得。于不可得之中而建立种种差别佛法者，乃是随顺世间众生以方便建立。因众生习染有浅深，觉悟有先后。而佛法亦依之有种种差别，以适应之。譬如世间患病者，其病症千差万别，须有多种药品以适应之，其价值亦低昂不等。不得仅尊其贵价者，而废其他廉价者。所谓药无贵贱，愈病者良。佛法亦尔，无论大小权实渐顿显密，能契机者，即是无上妙法也。故法门虽多，吾人宜各择其与自己根机相契合者而研习之，斯为善矣。

佛法学习初步

戊寅十月八日在安海金墩宗祠讲

佛法宗派大概，前已略说。

或谓高深教义，难解难行，非利根上智不能承受。若我辈常人欲学习佛法者，未知有何法门，能使人人易解，人人易行，毫无困难，速获实益耶？

案佛法宽广，有浅有深。故古代诸师，皆判"教相"以区别之。依唐圭峰禅师所撰华严原人论中，判立五教：

（一）人天教

（二）小乘教

（三）大乘法相教

（四）大乘破相教

（五）一乘显性教

以此五教，分别浅深。若我辈常人易解易行者，惟有"人天教"也。其他四教，义理高深，甚难了解。即能了解，亦难实行。故欲普及社会，又可补助世法，以挽救世道人心，应以"人天教"最为合宜也。

人天教由何而立耶？

常人醉生梦死，谓富贵贫贱吉凶祸福皆由命定，不解因果报应。或有解因果报应者，亦惟知今生之现报而已。若如是者，现生有恶人富而善人贫，恶人寿而善人夭，恶人多子孙而善人绝嗣，是何故欤？因是佛为此辈人，说三世业报，善恶因果，即是人天教也。今就三世业报及善恶因果分为二章详述之。

一、三世业报

三世业报者，现报、生报、后报也。

（一）现报：今生作善恶，今生受报。

（二）生报：今生作善恶，次一生受报。

（三）后报：今生作善恶，次二三生乃至未来多生受报。

由是而观，则恶人富、善人贫等，决不足怪。吾人惟应力行善业，即使今生不获良好之果报，来生再来生等必能得之。万勿因行善而反遇逆境，遂妄谓行善无有果报也。

二、善恶因果

善恶因果者，恶业、善业、不动业此三者是其因，果报有六，即六道也。

恶业善业，其数甚多，约而言之，各有十种，如下所述。不动业者，即修习上品十善，复能深修禅定也。

今以三因六果列表如下：

	上品……地狱		
（一）恶业	中品……畜生		
	下品……鬼	六道	
	下品……阿修罗		
（二）善业	中品……人		
	上品……欲界天		
（三）不动业	次品……色界天	天	
	上品……无色界天		

今复举恶业、善业别述如下：

恶业有十种。

（一）杀生

（二）偷盗

（三）邪淫

（四）妄言

（五）两舌

（六）恶口

（七）绮语

（八）悭贪

（九）嗔恚

（十）邪见

造恶业者，因其造业重轻，而堕地狱、畜生、鬼道之中。受报既尽，幸生人中，犹有余报。今依《华严经》所载者，录之如下。若诸"论"中，尚列外境多种，今不别录。

（一）杀生……短命、多病

（二）偷盗……贫穷、其财不得自在

（三）邪淫……妻不贞良、不得随意眷属

（四）妄言……多被诽谤、为他所诳

（五）两舌……眷属乖离、亲族弊恶

（六）恶口……常闻恶声、言多诤讼

（七）绮语……言无人受、语不明了

（八）悭贪……心不知足、多欲无厌

（九）嗔恚……常被他人求其长短、恒被于他之所恼害

（十）邪见……生邪见家、其心谄曲

善业有十种。下列不杀生等，止恶即名为善。复依此而起十种行善，即救护生命等也。

（一）不杀生：救护生命

（二）不偷盗：给施资财

（三）不邪淫：遵修梵行

（四）不妄言：说诚实言

（五）不两舌：和合彼此

（六）不恶口：善言安慰

（七）不绮语：作利益语

（八）不悭贪：常怀舍心

（九）不嗔恚：恒生慈悯

（十）不邪见：正信因果

造善业者，因其造业轻重而生于阿修罗、人道、欲界天中。所感之余报，与上所列恶业之余报相反。如不杀生则长寿无病等类推可知。

由是观之，吾人欲得诸事顺遂，身心安乐之果报者，应先力修善业，以种善因。若惟一心求好果报，而决不肯种少许善因，是为大误。譬如农夫，欲得米谷，而不种田，人皆知其为愚也。

故吾人欲诸事顺遂，身心安乐者，须努力培植善因。将来或迟或早，必得良好之果报。古人云："祸福无不自己求之者"，即是此意也。

以上所说，乃人天教之大义。

惟修人天教者，虽较易行，然报限人天，非是出世。故古今诸大善知识，尽力提倡"净土法门"，即前所说之佛法宗派大概中之"净土宗"。令无论习何教者，皆兼学此"净土法门"，即能获得最大之利益。"净土法门"虽随宜判为"一乘圆教"，但深者见深，浅者见浅，即惟修人天教者亦可兼学，所谓"三根普被"也。

在此讲说三日已竟。以此功德，惟愿世界安宁，众生欢乐，佛日增辉，法轮常转。

佛教之简易修持法

己卯四月十六日在永春桃源殿讲

我到永春的因缘最初发起在三年之前。性愿老法师常常劝我到此地来，又常提起普济寺是如何如何的好。

两年以前的春天，我在南普陀讲律圆满以后，妙慧师便到厦门，请我到此地来。那时，因为学律的人要随行的太多，而普济寺中设备未广，不能够收容，不得已而中止。是为第一次欲来未果。

是年的冬天，有位善兴师——他持着永春诸善友一张请帖，到厦门万石岩去，要接我来永春。

那时，因为已先应了泉州草庵之请，故不能来永春。是为第二次欲来未果。

去年的冬天，妙慧师再到草庵来接。本想随请前来，不意过泉州时，又承诸善友挽留，不得已而延期至今春。是为第三次欲来未果。

直到今年半个月以前，妙慧师又到泉州劝请——是为第四次。因大众既然有如此的盛意，故不得不来。其时在泉州各地讲经，很是忙碌，因此又延搁了半个多月。今得来到贵处，和诸位善友相见，我心中非常的欢喜。

自三年前就想到此地来，屡次受了事情所阻，现在得来，满其多年的夙愿，更可说是十分的欢喜了。

今天承诸位善友请我演讲，我以为：谈玄说妙，虽然极为高尚，但于现在行持，终觉了不相涉。所以今天我所讲的，且就常人现在即能实行的，约略说之。

因为专尚谈玄说妙，譬如那饥饿的人来研究食谱，虽山珍海味之名纵横满纸，如何能够充饥？！倒不如现在得到几种普通的食品，即可入口，得充一饱，才于实事有济。

以下所述的分为三段。

一、深信因果

因果之法，虽为佛法入门的初步，但是非常的重要，无论何人皆须深信。

何谓因果？

因者——好比种子，下在田中，将来可以长成为果实。

果者——譬如果实，自种子发芽渐渐地开花结果。

我们一生所作所为，有善有恶，将来报应不出下列：

桃李种：长成为桃李——作善报善；

荆棘种：长成为荆棘——作恶报恶。

所以，我们要避凶得吉，消灾得福，必须要厚植善因，努力改过迁善，将来才能够获得吉祥福德之好果。如果常作恶因，而要想免除凶祸灾难，那里能够得到呢？所以第一要劝大众深信因果，了知善恶报应，一丝一毫也不会差的。

041

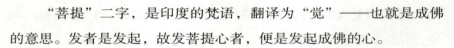

二、发菩提心

"菩提"二字，是印度的梵语，翻译为"觉"——也就是成佛的意思。发者是发起，故发菩提心者，便是发起成佛的心。

为什么要成佛呢？为利益一切众生。

须如何修持乃能成佛呢？须广修一切善行。

以上所说的要广修一切善行，利益一切众生。但须如何才能够彻底呢？须不著我相。所以发菩提心的人，应发以下之三种心——

（一）大智心　不著我相。此心虽非凡夫所能发，亦应随分观察。

（二）大愿心　广修善行。

（三）大悲心　救众生苦。

又发菩提心者，须发以下所记之四弘誓愿：

（一）众生无边誓愿度　菩提心以大悲为体，所以先说度生。

（二）烦恼无尽誓愿断　愿一切众生，皆能断无尽之烦恼。

（三）法门无量誓愿学　愿一切众生，皆能学无量之法门。

（四）佛道无上誓愿成　愿一切众生，皆能成无上之佛道。

或疑烦恼以下之三愿，皆为我而发，如何说是愿一切众生？

这里有两种解释：一就浅来说，我也就是众生中的一人。现在所说的众生，我也在其内。再进一步言，真发菩提心的，必须彻悟法性平等，决不见我与众生有什么差别——如是才能够真实和菩提心相应。所以现在发愿——说愿一切众生有何妨耶？！

三、专修净土

既然已经发了菩提心，就应该努力地修持。但是佛所说的法门很多，深浅难易，种种不同。若修持的法门与根器不相契合的，用力多而收效少，倘与根器相契合的，用力少而功效多。

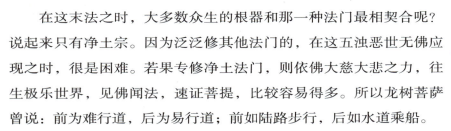

在这末法之时，大多数众生的根器和那一种法门最相契合呢？说起来只有净土宗。因为泛泛修其他法门的，在这五浊恶世无佛应现之时，很是困难。若果专修净土法门，则依佛大慈大悲之力，往生极乐世界，见佛闻法，速证菩提，比较容易得多。所以龙树菩萨曾说：前为难行道，后为易行道；前如陆路步行，后如水道乘船。

关于净土法门的书籍，可以首先阅览者：《初机净业指南》《印光法师嘉言录》《印光法师文钞》等。依此就可略知《净土法门》的门径。

近几个月以来，我在泉州各地方讲经，身体和精神都非常的疲劳。这次到贵处来，匆促演讲，不及预备，所以本说的未能详尽，希望大家原谅！

普劝净宗道侣兼持诵《地藏经》

庚辰地藏诞日在永春讲　王梦惺记

予来永春迄今一年有半。在去厦时，王梦惺居士来信，为言拟偕林子坚居士等，将来普济寺请予讲经。斯时予曾复一函，俟秋凉后，即入城讲《金刚经》大意三日。及秋七月，予以掩关习禅乃不果往。日昨梦惺居士及诸仁者，入山相访，因雨小住寺院。今日适逢地藏菩萨圣诞，故乘此胜缘，为讲净宗道侣兼持诵《地藏经》要旨，以资纪念。

净宗道侣修持之法，固以"净土三经"为主。三经之外，似宜兼诵《地藏经》，以为助行。

因地藏菩萨与此土众生有大因缘，而《地藏本愿经》尤与吾等常人之根器深相契合。故今普劝净宗道侣应兼持诵《地藏菩萨本愿经》。

仅述旨趣于下，以备净宗道侣采择焉。

一

净土之于地藏，自昔以来，因缘最深。而我八祖莲池大师，撰《地藏本愿经·序》劝赞流通。逮我九祖蕅益大师，一生奉事地藏菩萨，赞叹弘扬益力，居九华山甚久，自称为"地藏之孤臣"。并尽形勤礼地藏忏议，常持地藏真言，以忏除业障求生极乐。又当代净土宗泰斗印光法师，于《地藏本愿经》尤尽力弘传流布，刊印数万册，令净业学者至心读诵，依教行持。

今者窃遵净宗诸祖之成规，普劝同仁兼修并习，胜缘集合，盖非偶然。

二

地藏法门以三经为主。

三经者——《地藏菩萨本愿经》《地藏菩萨十轮经》《地藏菩萨占察善恶业报经》。

《本愿经》中，虽未显说往生净土之义，然其他二经则皆有之。

《十轮经》云："当生净佛国，导师之所居。"《占察经》云："若人欲生他方现在净国者，应当随彼世界佛之名字，专意诵念，一心不乱。如上观察者，决定得生彼佛净国。"所以我莲宗九祖蕅益大师礼《地藏菩萨占察忏》时，发愿文云："舍身他世，生在佛前，面奉弥陀，历事诸佛。亲蒙授记，回入尘劳，普会群迷，同归秘藏。"

由是以观，《地藏法门》实与净宗关系甚深。岂唯殊途同归，抑亦发趣一致。

三

《观无量寿佛经》以修三福，为净业正因。

三福之首，曰孝养父母。而《地藏本愿经》中，备陈地藏菩萨宿世孝母之因缘，故古德称《地藏经》为"佛门之孝经"，良有以也。

凡我同仁，常应读诵《地藏本愿经》，以副《观经》孝养之旨。并依教力行，持崇孝道，以报亲恩，而修胜福。

四

当代印光法师教人：持佛名号求生西方者，必先劝信因果报应——"诸恶莫诈，众善奉行"。然后乃云"伏佛慈力，节业往生"。而《地藏本愿经》中，广明因果报应，至为详尽。

凡我同仁，常应读诵《地藏本愿经》，依教奉行，以资净业。倘未能深信因果报应，不在伦常道德上切实注意，则岂仅生西未能，抑亦三涂有分。

今者窃本斯意，普劝修净业者，必须深信因果，常检点平时所作所为之事。真诚忏悔，努力改过，复进而修持五戒十善等，以为念佛之助行，而作生西之资粮。

五

吾人修净业者，倘能于现在环境之苦乐顺逆一切放下，无所挂碍，依苦境而消除身见，以逆缘而坚固净愿，则诚甚善！

但如是者，千万人中罕有一二。因吾人处于凡夫地位，虽知随分随力修习净业，而于身心世界犹未能彻底看破；衣食住等不能不有所需求，水火刀兵饥馑等天灾人祸，亦不能不有所顾虑。倘生活

困难，灾患频起，即于修行作大障碍也。

今若能归信地藏菩萨者，则无此虑。依《地藏经》中所载，能令吾人衣食丰足，疾疫不临，家宅永安，所求遂意，寿命增加，虚耗辟除，出入神护，离诸灾难等。古德云：身安而后道隆。即是此谓。

此为普劝修净业者应归信地藏之要旨也。

以上略述持诵《地藏经》之旨趣。义虽未能详尽，亦可窥其梗概。惟冀净宗道侣广为传布。于《地藏经》至心持诵，共获胜益焉。

略述印光大师之盛德

在泉州檀林福寺念佛期讲

大师为近代之高僧，众所钦仰，其一生之盛德，非短时间所能叙述。今先略述大师之生平，次略举盛德四端。仅能于大师种种盛德中粗陈其少分而已。

一、略述大师之生平

大师为陕西人。幼读儒书，二十一岁出家，三十三岁居普陀山。历二十年人鲜知者。至民国元年，师五十二岁时，始有人以师文隐名登入上海《佛学丛报》者。民国六年，师五十七岁，乃有人刊其信稿一小册。至民国七年，师五十八岁（即余出家之年）。是年春，乃刊《文钞》一册，世遂稍有知师名者。以后续刊《文钞》

二册又增为四册。于是知名者渐众。有通信向法者，有亲至普陀参礼者。

民国十九年，师七十岁，移居苏州报国寺。此后十年，为弘法之最盛时期。

民国二十六年，战事起，乃移灵岩山，遂兴念佛之大道场。二十九年十一月初四日生西。

生平不求名誉。他人有作文赞扬师德者，辄痛斥之。不贪蓄财物。他人供养钱财者至多，师以印佛书流通，或救济灾难等。一生不畜剃度弟子，而全国僧众多钦服其教化。一生不任寺中住持监院等职，而全国寺院多蒙其护法。各处寺房或寺产有受人占夺者，师必为尽力设法以保全之。

故综观师之一生而言，在师自己决不求名利恭敬；而于实际上，能令一切众生皆受莫大之利益。

二、略举盛德之四端

大师盛德至多。今且举常人之力，所能随学者四端略说述之。因师之种种盛德多非吾人所可及，今所举之四端皆是至简至易，无论何人，皆可依此而学也。

（甲）习劳

大师一生，最喜自作劳动之事。余于民国十三年曾到普陀山，其时师年六十四岁。余见师一人独居，事事躬身操作，别无侍者等为之帮助。直到去年——师年八十岁，每日仍自己扫地，拭几，擦油灯，洗衣服。

师即如此习劳，为常人作模范，故见人有懒惰懈怠者多诚劝之。

（乙）惜福

大师一生，于"惜福"一事最为注意。衣食住等皆极简单粗劣，力斥精美。

民国十三年，余至普陀山居七日。每日自晨至夕，皆在师房内，观察师一切行为。

师每日晨食，仅粥一大碗，无菜。师自云："初至普陀时，晨食有咸菜。因北方人吃不惯，故改为仅食白粥，已三十余年矣。"

食毕，以舌舐碗，至极净为止。复以开水注入碗中，涤荡其余汁，即以之漱口，旋即咽下，惟恐轻弃残余之饭粒也。

至午食时，饭一碗，大众菜一碗。师食之，饭菜皆尽，先以舌舐碗，又注入开水，涤荡以漱口，与晨食无异。

师自行如是，而劝人亦极严厉。见有客人食后碗内剩饭粒者，必大呵曰："汝有多么大的福气，竟如此糟蹋？！"此事常常有，余屡闻及人言之。又有客人以冷茶泼弃痰桶中者，师亦呵诫之。

以上且举饭食而言。其他惜福之事亦均类此也。

（丙）注重因果

大师一生，最注重因果。尝语人曰："因果之法——为救国救民之急务。必令人人皆知：现在有如此因，将来即有如此果——善有善报，恶有恶报。欲挽救世道人心，必须于此入手。"

大师无论见何等人，皆以此理痛切言之。

（丁）专心念佛

大师虽精通种种佛法，而自行劝人，则专依念佛法门。

师之在家弟子，多有曾受高等教育及留学欧美者，而师决不与彼等高谈佛法之哲理，惟一一劝其专心念佛。

彼弟子辈闻师言者，亦皆一一信受奉行，决不敢轻视念佛法门而妄生疑议——此盖大师盛德感化有以致之也。

以上所述，因时间短促，未能详尽。然即此亦可略见大师盛德之一斑。若欲详知，有上海出版之《印光大师永思集》，泉州各寺当有存者，可以借阅。

今日所讲者止此。

李叔同

散文精品

【第二辑】

为性常法师掩关笔示法则

　　古人掩关皆为专修禅定或念佛，若研究三藏则不限定掩关也。仁者此次掩关，实为难得之机会。应于每日时间，以三分之二专念佛诵经（或默阅但不可生分别心），以三分之一时间温习戒本羯磨及习世间文字。因机会难可再得，不于此时专心念佛，以后恐无此胜缘。至于研究等事，在掩关时虽无甚成绩，将来出关后，尽可缓缓研究也。念佛一事，万不可看得容易，平日学教之人，若令息心念佛，实第一困难之事，但亦不得不勉强而行也。此事至要至要，万不可轻忽。诵经之事可以如常。又每日须拜佛若干拜，既有功德，亦可运动身体也。念佛时亦宜数数经行，因关中运动太少，食物不宜消化，故宜礼拜经行也。念佛之事，一人甚难行，宜与义俊法师协定课程，二人同时行之，可以互相策励，不致懈怠中止也。

　　课程大致如下：早粥前念佛，出声或默念随意。

　　早粥后稍休息。礼佛诵经。九时至十一时研究。午饭后休息。

二时至四时研究（研究时间每日以四小时为限不可多）。四时半起礼佛诵经。黄昏后专念佛。晚间可以不点灯，惟佛前供琉璃灯可耳。

三年之中，可与义俊法师讲戒本及表记羯磨六遍。每半年讲一遍。自己既能温习，亦能令他人得益。昔南山律祖，尚听律十二遍未尝厌倦，何况吾等钝根之人耶？戒本羯磨能十分明了，且记忆不忘，将来出关之后，再学行事钞等非难事矣。世俗文字略学四书及历史等。学生字典宜学全部，但若鲜暇，不妨缺略，因此等事，出关之后仍可学习也。若念佛等，出关之后，恐难继续，惟在关中，能专心也。又在闭关时宜注意者如下。

不可闲谈，不晤客人，不通信（有十分要事，写一字条交与护关者。）

凡一切事，尽可俟出关后再料理也，时机难得，光阴可贵，念之！念之！

余既无道德，又乏学问。今见仁者以诚恳之意，谆谆请求，故略据拙见拉杂书此，以备采择。

性常关主慧察。

乙亥四月一日演音书印

佛法大意

戊寅年六月十九日在漳州七宝寺讲

我至贵地，可谓奇巧因缘。本拟住半月返厦。因变住此，得与诸君相晤，甚可喜。

先略说佛法大意。

佛法以大菩提心为主。菩提心者，即是利益众生之心。故信佛法者，须常抱积极之大悲心，发救济一切众生之大愿，努力作利益众生之种种慈善事业。乃不愧为佛教徒之名称。

若专修净土法门者，尤应先发大菩提心。否则他人谓佛法是消极的、厌世的、送死的。若发此心者，自无此误会。

至于作慈善事业，尤要。既为佛教徒，即应努力作利益社会之种种事业。乃能令他人了解佛教是救世的、积极的。不起误会。

或疑经中常言空义，岂不与前说相反。

今案大菩提心，实具有悲智二义。悲者如前所说。智者不执着我相，故曰空也。即是以无我之伟大精神，而做种种之利生事业。

若解此意，而知常人执着我相而利益众生者，其能力薄、范围小、时不久、不彻底。若欲能力强、范围大、时间久、最彻底者，必须学习佛法，了解悲智之义，如是所作利生事业乃能十分圆满也。故知所谓空者，即是于常人所执着之我见，打破消灭，一扫而空。然后以无我之精神，努力切实作种种之事业。亦犹世间行事，先将不良之习惯等一一推翻，然后良好建设乃得实现也。

今能了解佛法之全系统及其真精神所在，则常人谓佛教是迷信是消极者，固可因此而知其不当。即谓佛教为世界一切宗教中最高尚之宗教，或谓佛法为世界一切哲学中最玄妙之哲学者，亦未为尽理。

因佛法是真能：

说明人生宇宙之所以然。

破除世间一切谬见，而予以正见。破除世间一切迷信，而予以正信。恶行，而予以正行。幻觉，而予以正觉。

包括世间各教各学之长处，而补其不足。

广被一切众生之机，而无所遗漏。

不仅中国，现今如欧美诸国人，正在热烈地研究及提倡。出版之佛教书籍及杂志等甚多。

故望已为佛教徒者，须彻底研究佛法之真理，而努力实行，俾不愧为佛教徒之名。其未信佛法者，亦宜虚心下气，尽力研究，然后于佛法再加以评论。此为余所希望者。

以上略说佛法大意毕。

又当地信士，因今日为菩萨诞，欲请解释南无观世音菩萨之义。兹以时间无多，惟略说之。

南无者，梵语。即归依义。

菩萨者，梵语，为菩提萨之省文。菩提者觉，萨者众生。因菩萨以智上求佛法，以悲下化众生，故称为菩提萨。此以悲智二义解

释，与前同也。

观世音者，为此菩萨之名。亦可以悲智二义分释。如《楞严经》云：由我观听十方圆明，故观音名遍十方界。约智言也。如《法华经》云：苦恼众生一心称名，菩萨即时观其音声，皆得解脱，以是名观世音。约悲言也。

授三归依大意

第一章　三归之略义

三归者：归依于佛、法、僧三宝也。三宝义甚广，有种种区别。今且就常人最易了解者略举之。

佛者：如释迦牟尼佛、阿弥陀佛等诸佛是也；法者：为佛所说之法，或菩萨等依据佛意所说之法——即现今所流传之大小乘经论三藏也；僧者：如菩萨声闻诸圣贤众，下至仅剃发被袈裟者皆是也。

归依者：归向依赖之意。归依于三宝者：乞三宝救护也。《大方便佛报恩经》云：譬人获罪于王，投向异国，以求救护异国王言：汝来无畏，但莫出我境，莫违我教，心相救护。众生亦尔。系属于魔，有生死罪，归向三宝，以求救护。若诚心归依，更无异向，不违佛教，魔王邪恶，无如之何。

既已归依于佛，自今以后，决不再依天仙神鬼一切诸外道等；

既已归依于法，自今以后，决不再依诸外道典籍；

既已归依于僧，自今以后，决不再依于不奉行佛法者。

第二章　授三归之方法

一、忏悔。

二、正授三归。

三、发愿回向。

应先请授者详力解释此三种文义。因仅读文而未解义，不能获诸善法也。

正授三归之文有多种。常用者如下：

我某甲尽形寿，归依佛，归依法，归依僧——三说；

我某甲归依佛竟，归依法竟，归依僧竟——三结。

前三说时，已得归依善法。后三结者，当更叮咛，令不忘失也。

忏悔文及发愿回向文，由授者酌定之。但发愿回向，应有以此功德回向众生同生西方齐成佛道之意，万不可惟求自利也。

第三章　授三归之利益

经律论中，赞叹归依三宝功德之文甚多。今略举四则：

《灌顶经》云：受三归者，有三十六善神，与其无量诸眷属，守护其人，令其安乐。

《善生经》云：若人受三归，所得果报，不可穷尽。如四大宝藏（四宝者：金、银、琉璃、玻璃），举国人民，七年之中，运出不尽。受三归者，其福过彼，不可称计。

《较量功德经》云：若三千大千世界，满中如来，如稻麻竹苇。若人四事供养（饮食、衣服、卧具、汤药），满二万岁，诸佛灭后，各起宝塔，复以香花供养，其福甚多；不如有人以清净心，归依佛法僧三宝所得功德。

《大集经》云：妊娠女人，恐胎不安，先授三归依，儿无加害；乃至生已，身心俱足，善神拥护。是母受兼资于子也。

第四章　结　语

在本寺正式讲律，至今日圆满。今日所以聚集缁素诸众讲三归大意者：一以备诸师参考，俾他日为人授三归时，知其简要之方法也。一以教诸在家人，令彼等了知三归之大意。俾已受者能了此意，应深自庆幸；其未受者先能了知此意，且为他日依师受三归之基础也。

敬三宝

癸酉闰五月五日在泉州大开元寺讲

三宝者,佛法僧也。其义甚广,今惟举其少分之义耳。

今言佛者,且约佛像而言,如木石等所雕塑及纸画者也。

今言法者,且约经律论等书册而言,或印刷或书写也。

今言僧者,且约当世凡夫僧而言,因菩萨罗汉等附入敬佛门也。

第一、敬佛(略举常人所应注意者数条)

礼佛时宜洗手漱口,至诚恭敬,缓缓而拜,不可急忙,宁可少拜,不可草率。佛几清洁,供香端直,供佛之物,以烹调精美人所能食者为宜。今多以食物之原料及罐头而供佛者殊为不敬,益大师大悲咒行法中曾痛斥之。又供佛宜在午前,不宜过午也。供水果亦宜午前。供水宜捧奉式。供花,花瓶水宜常换。

纸画之佛像，不可仅以绫裱，恐染蝇粪等秽物也（少蝇者或可）。宜装入玻璃镜中。

木石等雕塑者，小者应入玻璃龛中，大者应作宝盖罩之，并须常拂拭像上之尘土。

凡大殿及供佛之室中，皆不宜踞坐笑谈。如对于国王大臣乃至宾客之前尚应恭敬，慎护威仪，何况对佛像耶！不可佛前晒衣服，宜偏侧。不得在殿前用夜壶水浇花。若卧室中供佛像者，眠时应以净布遮障。

第二、敬法（略举常人所应注意者数条）

读经之时，必须洗手漱口拭几，衣服整齐，威仪严肃，与礼佛时无异。益大师云：展卷如对活佛，收卷如在目前，千遍万遍，寤寐不忘，如是乃能获读经之实益也。

对于经典应十分恭敬护持，万不可令其污损。又翻篇时宜以指腹轻轻翻之，不可以指甲划，又不应折角，若欲记志，以纸片夹入可也。

若经典残缺者亦不可烧。卧室中几上置经典者，眠时应以净布盖之。

附每日诵经时仪式

礼佛——多少不拘。

赞佛——经偈或天上天下无如佛等，阿弥陀佛身金色等。炉香乍爇不是赞佛。

供养——愿此香华云等。

读经

回向——不拘，或用我此普贤殊胜行等。

第三、敬僧（略举常人所应注意者数条）

凡剃发披袈裟者，皆是释迦佛子，在家人见之，应一例生恭敬心；不可分别持戒破戒。

若皈依三宝时，礼一出家人为师而作证明者，不可妄云皈依某

人。因所皈依者为僧，非皈依某一人，应于一切僧众，若贤若愚，生平等心，至诚恭敬，尊之为师，自称弟子。则与皈依僧伽之义，乃符合矣。

供养僧者亦尔。不可专供有德者，应于一切僧生平等心，普遍供之，乃可获极大之功德也。专赠一人功德小，供众者功德大。

出家人若有过失，在家人闻之，万不可轻言。此为佛所痛诫者，最宜慎之。

以上已略言敬三宝义境。兹附有告者，厦门泉州神庙甚多，在家人敬神，每用猪鸡等物。岂知神皆好善而恶杀，今杀猪鸡等物而供神，神不受享，又安能降福而消灾耶。惟愿自今以后，痛革此种习惯，凡敬神时，亦一例改用素食，则至善矣。

净土法门大意

壬申十月在厦门妙释寺讲

今日在本寺演讲，适值念佛会期。故为说修净土宗者应注意的几项。

修净土宗者，第一须发大菩提心。《无量寿经》中所说三辈往生者，皆须发无上菩提之心。《观无量寿佛经》亦云，欲生彼国者，应发菩提心。

由是观之，惟求自利者，不能往生。因与佛心不相应，佛以大悲心为体故。

常人谓净土宗惟是送死法门（临终乃有用）。岂知净土宗以大菩提心为主。常应抱积极之大悲心，发救济众生之宏愿。

修净土宗者，应常常发代众生受苦心。愿以一肩负担一切众生，代其受苦。所谓一切众生者，非限一县一省、乃至全世界。若依佛经说，如此世界之形，更有不可说不可说许多之世界，有如此

之多故。凡此一切世界之众生，所造种种恶业应受种种之苦，我愿以一人一肩之力完全负担。决不畏其多苦，请旁人分任。因最初发誓愿，决定愿以一人之力救护一切故。

譬如日。不以世界多故，多日出现。但一日出，悉能普照一切众生。今以一人之力，负担一切众生，亦如是。

以上但云以一人能救一切，是横说。若就竖说，所经之时间，非一日数日数月数年。乃经不可说不可说久远年代，尽于未来，决不厌倦。因我愿于三恶道中，以身为抵押品，赎出一切恶道众生。众生之罪未尽，我决不离恶道，誓愿代其受苦。故虽经过极长久之时间，亦决不起一念悔心，一念怯心，一念厌心。我应生十分大欢喜心，以一身承当此利生之事业也。已上讲应发大菩提心境。

至于读诵大乘，亦是观经所说。修净土法门者，固应诵《阿弥陀经》，常念佛名。然亦可以读诵《普贤行愿品》，回向往生。因经中最胜者，《华严经》。《华严经》之大旨，不出《普贤行愿品》第四十卷之外。此经中说，诵此普贤愿王者，能获种种利益，临命终时，此愿不离，引导往生极乐世界，乃至成佛。故修净土法门者，常读诵此《普贤行愿品》，最为适宜也。

至于作慈善事业，乃是人类所应为者。专修念佛之人，往往废弃世缘，懒作慈善事业，实有未可。因现生能作种种慈善事业，亦可为生西之资粮也。

就以上所说：

第一劝大家应发大菩提心。否则他人将谓净土法门是小乘、消极的、厌世的、送死的。

复劝常读《行愿品》，可以助发增长大菩提心。若发心者，自无此讥评。

至于作慈善事业尤要。因既为佛徒，即应努力作利益社会种种之事业，乃能令他人了解佛教是救世、积极的。不起误会。

关于净土宗修持法，于诸书皆详载，无俟赘陈。故惟述应注意者数事，以备诸君参考。

净宗问辨

乙亥二月于万寿岩讲

古德撰述，每设问答，遣除惑疑，翼赞净土，厥功伟矣。宋代而后，迄于清初，禅宗最盛，其所致疑多原于此。今则禅宗渐衰，未劳攻破。而复别有疑义，盛传当时。若不商榷，或致讹乱。故于万寿讲次，别述所见，冀息时疑。匪曰好辨，亦以就正有道耳。

问：当代弘扬净土宗者，恒谓专持一句弥陀，不须复学经律论等，如是排斥教理，偏赞持名，岂非主张太过耶？

答：上根之人，虽有终身专持一句圣号者，而决不应排斥教理。若在常人，持名之外，须于经律论等随力兼学，岂可废弃。且如灵芝疏主，虽撰义疏盛赞持名，然其自行亦复深研律藏，旁通天台法相等，其明证矣。

问：有谓净土宗人，率多抛弃世缘，其信然欤？

答：若修禅定或止观或密咒等，须谢绝世缘，入山静习。净土法门则异于是。无人不可学，无处不可学，士农工商各安其业，皆可随分修其净土。又于人事善利群众公益一切功德，悉应尽力集积，以为生西资粮，何可云抛弃耶！

问：前云修净业者不应排斥教理抛弃世缘，未审出何经论？

答：经论广明，未能具陈，今略举之。《观无量寿佛经》云：欲生彼国者当修三福。一者、孝养父母，奉事师长，慈心不杀，修十善业。二者、受持三归，具足众戒，不犯威仪。三者、发菩提心，深信因果，读诵大乘，劝进行者。如此三事，名为净业，乃是过去、未来、现在三世诸佛净业正因。《无量寿经》云：发菩提心，修诸功德，殖诸德本，至心回向，欢喜信乐，修菩萨行。《大宝积经发胜志乐会》云：佛告弥勒菩萨言：菩萨发十种心。一者、于诸众生，起于大慈，无损害心。二者、于诸众生，起于大悲，无逼恼心。三者、于佛正法，不惜身命，乐守护心。四者、于一切法，发生胜忍，无执着心。五者、不贪利养，恭敬尊重，净意乐心。六者、求佛种智，于一切时，无忘失心。七者、于诸众生，尊重恭敬，无下劣心。八者、不著世论，于菩提分，生决定心。九者、种诸善根，无有杂染，清净之心。十者、于诸如来，舍离诸相，起随念心。若人于此十种心中，随成一心，乐欲往生极乐世界，若不得生，无有是处。

问：菩萨应常处娑婆，代诸众生受苦。何故求生西方？

答：灵芝疏主初出家时，亦尝坚持此见，轻谤净业。后遭重病，色力痿羸，神识迷茫，莫知趣向。既而病瘥，顿觉前非，悲泣感伤，深自克责，以初心菩萨未得无生法忍。志虽洪大，力不堪任也。《大智度论》云：具缚凡夫有大悲心，愿生恶世救苦众生无有是处。譬如婴儿不得离母。又如弱羽只可传枝。未证无生法忍者，要须常不离佛也。

问：法相宗学者欲见弥勒菩萨，必须求生兜率耶？

答：不尽然也。弥勒菩萨乃法身大士，尘尘刹刹同时等遍。兜率内院有弥勒，极乐世界亦有弥勒，故法相宗学者不妨求生西方。且生西方已、并见弥陀及诸大菩萨，岂不更胜？《华严经普贤行愿品》云：到已，即见阿弥陀佛、文殊师利菩萨、普贤菩萨、观自在菩萨、弥勒菩萨等。又《阿弥陀经》云：其中多有一生补处，其数甚多，非是算数所能知之，但可以无量无边阿僧祇说。众生闻者，应当发愿，愿生彼国。所以者何？得与如是诸上善人俱会一处。据上所引经文，求生西方最为殊胜也。故慈恩教主窥基大师曾撰《阿弥陀经通赞》三卷及疏一卷，普劝众生同归极乐，遗范具在，的可依承。

问：兜率近而易生，极乐远过十万亿佛土，若欲往生不綦难欤？

答：《华严经普贤行愿品》云：一刹那中，即得往生极乐世界。《灵芝弥陀义疏》云：十万亿佛土，凡情疑远，弹指可到。十方净秽同一心故，心念迅速不思议故。由是观之，无足虑也。

问：闻密宗学者云，若惟修净土法门，念念求生西方，即渐渐减短寿命，终至夭亡。故修净业者，必须兼学密宗长寿法，相辅而行，乃可无虑。其说确乎？

答：自古以来，专修净土之人，多享大年，且有因念佛而延寿者。前说似难信也。又既已发心求生西方，即不须顾虑今生寿命长短，若顾虑者必难往生。人世长寿不过百年，西方则无量无边阿僧祇劫。智者权衡其间，当知所轻重矣。

问：有谓弥陀法门，专属送死之教，若药师法门，生能消灾延寿，死则往生东方净刹，岂不更善？

答：弥陀法门，于现生何尝无有利益，具如经论广明，今且述余所亲闻事实四则证之，以息其疑。一、瞽目重明。嘉兴范古农友人戴君，曾卒业于上海南洋中学，忽尔双目失明，忧郁不乐。古农乃劝彼念阿弥陀佛，并介绍居住平湖报本寺，日夜一心专念。如是年余，双目重明如故。此事古农为余言者。二、沉疴顿愈。海盐徐

067

蔚如旅居京师，屡患痔疾，经久不愈。曾因事远出，乘人力车磨擦颠簸，归寓之后，痔乃大发，痛彻心髓，经七昼夜不能睡眠，病已垂危。因忆华严十回向品代众生受苦文，依之发愿。后即一心专念阿弥陀佛，不久遂能安眠，醒后痔疾顿愈，迄今已十数年，未曾再发。此事如尝与印光法师言之。余复致书询问，彼言确有其事也。

三、冤鬼不侵。四川释显真，又字西归。在家时历任县长，杀戮土匪甚多。出家不久，即住宁波慈溪五磊寺，每夜梦见土匪多人，血肉狼藉，凶暴愤怒，执持枪械，向其索命。遂大恐惧，发勇猛心，专念阿弥陀佛，日夜不息，乃至梦中亦能持念。梦见土匪，即念佛号以劝化之。自是梦中土匪渐能和驯，数月以后，不复见矣。余与显真同住最久，常为余言其往事，且叹念佛功德之不可思议也。

四、危难得免。温州吴璧华勤修净业，行住坐卧，恒念弥陀圣号。十一年壬戌七月下旬，温州飓风暴雨，墙屋倒坏者甚多。是夜璧华适卧墙侧，默念佛号而眠。夜半，墙忽倾圮，砖砾泥土坠落遍身，家人疑已压毙，相率奋力除去砖土，见璧华安然无恙，犹念佛号不辍。察其颜面以至肢体，未有毫发损伤，乃大惊叹，共感佛恩。其时余居温州庆福寺，风灾翌日，璧华亲至寺中向余言之。璧华早岁奔走革命，后信佛法，于北京温州杭州及东北各省尽力弘扬佛化，并主办赈济慈善诸事，临终之际，持念佛号，诸根悦豫，正念分明。及大殓时，顶门犹温，往生极乐，可无疑矣。

劝人听钟念佛文

　　近有人新发明听钟念佛之法，至为奇妙。今略述其方法如下。修净业者，幸试用之；并希以是广为传播焉。

　　凡座钟挂钟行动之时，若细听之，作丁当丁当之响（丁字响重，当字响轻）。即依此丁当丁当四字，设想作阿弥陀佛四字。或念六字佛者，以第一丁字为"南无"，第一当字为"阿弥"，第二丁字为"陀"，第二当字为"佛"。亦止用丁当丁当四字而成之也。又倘以其转太速，而欲迟缓者。可加一倍，用丁当丁当丁当丁当八字，假想作阿弥陀佛四字，即是每一丁当为一字也。或念六字佛者，以第一丁当为"南无"，第二丁当为"阿弥"，第三丁当为"陀"，第四丁当为"佛"也。（绘图见下页）所用之钟，宜择丁当丁当速度调匀者用之。又欲其音响轻微者，可以布类覆于其上。（如昼间欲其响大者，将布撤去。夜间欲其音响轻者，将布覆上。）

	四字佛	六字佛
普通念法	丁 当 丁 当 | | | | 阿 弥 陀 佛	丁 当 丁 当 | | | | 南无 阿弥 陀 佛
迟缓念法	丁当 丁当 丁当 丁当 | | | | 阿 弥 陀 佛	丁当 丁当 丁当丁当 ‖ ‖ | | 南无 阿弥 陀 佛

　　初学念佛者若不持念珠记数，最易懈怠间断。若以此钟时常随身，倘有间断，一闻钟响，即可警觉也。又在家念佛者，居室附近，不免喧闹，若摄心念佛，殊为不易。今以此钟置于身旁，用耳专听钟响，其他喧闹之声，自可不至扰乱其耳也。又听钟工夫能纯熟者，则丁当丁当之响，即是阿弥陀佛之声。钟响佛声，无二无别。钟响则佛声常现矣。

　　普陀印光法师《覆永嘉论月律师函》云："凡夫之心，不能无依，而娑婆耳根最利。听自念佛之音亦亲切。但初机未熟，久或昏沉，故听钟念之，最为有益也。"

　　注：此文原载《世界居士林林刊》第十七期，题上有"论月大师"四字。"论月"即弘一老人别署。老人盛倡此法，而阅者不多，谨录于此。

药师如来法门略录

戊寅七月在泉州清尘堂讲

药师法门依据《药师经》而建立。此土所译《药师经》有四种——

（一）《佛说灌顶拔除过罪生死得脱经》一卷，即《大灌顶神咒经》卷十二，东晋帛尸梨蜜多罗译。又相传有刘宋慧简译《药师琉璃光经》一卷，今已佚失。或云即是东晋所译之《灌顶经》。

（二）《佛所药师如来本愿经》一卷，隋代达摩芨多译。

（三）《药师琉璃光如来本愿功德经》一卷，唐代玄奘译。此即现今流通本所据之译本。现今流通本与原译本稍有不同者，有增文两段。一为依东晋译本补入之八大菩萨名，二为依唐代义净译本补入神咒及前后文二十余行。

（四）《药师琉璃光七佛本愿功德经》二卷，唐代义净译。前

数译惟述药师佛，此译复增六佛。故云《七佛本愿功德经》。以外增加之文甚多。西藏僧众所读诵者为此本。

修持之法，具如经文所载。今且举四种如下：

（一）持名，经中屡云闻名持名，因其法最为简易，其所获之益亦最为广大也。

今人持名者，皆曰消灾延寿药师佛，似未尽善；佛名惟举药师二字，未能具足；佛德惟举消灾延寿四字，亦多所缺略。故须依据经文而曰"药师琉璃光如来"，斯为最妥善矣。

（二）供养如香华幡灯等。

（三）诵经及演说、开示、书写等。

（四）持咒。

所获利益广如经文所载，今且举十种如下：

（一）速得成佛，经中屡言之。

（二）行邪道者令入正道，行小乘者令入大乘。

（三）能得种种戒；又犯戒者还很清净，不堕恶趣。

（四）得长寿富饶官位男女等。

（五）得无尽，所受用物无所乏少。

（六）一切痛苦皆除。水火、刀兵、盗贼、刑戮诸灾难等悉免。

（七）转女成男。

（八）产时无苦，生子聪明少病。

（九）命终后随其所愿往生：

（1）人中——得大富贵。

（2）天上——不复更生诸恶趣。

（3）西方极乐世界——有八大菩萨接引。

（4）东方净琉璃世界。

（十）在恶趣中暂闻佛名，即生人道，修诸善行，速证菩提。

灵感事迹甚多，如旧录所载。今且举近事一则如下——

泉州承天寺觉圆法师，于未出家时体弱多病；既出家后二年

之内，病苦缠绵，诸事不顺。后得闻药师如来法门，遂专心诵经，持名忏悔，精勤不懈。迄至于今，身体康健，诸事顺利。法师近拟编辑《药师圣典汇集》，凡经文疏释及仪轨等，悉搜集之。刊版流布，以报佛恩焉。

跋

曩余在清尘堂讲《药师如来法门》，后由诸善友印施讲录，其时经他人辗转抄写，颇有讹误。兹由觉圆法师捐资再版印行，请余校正原稿广为流布。法师出家以来，于药师法门最为信仰，近拟于泉州兴建大药师寺，其愿力广大，尤足令人赞叹云。

常随佛学

癸有七月十一日在泉州承天寺为幼年诸学僧讲

《华严经·行愿品》末卷所列十种广大行愿中，第八曰"常随佛学"。若依《华严经》文所载，种种神通妙用，决非凡夫所能随学。但其他经律等载佛所行事，有为我等凡夫作模范，无论何人皆可随学者，亦屡见之。今且举七事：

一、佛自扫地

《根本说一切有部毗奈耶杂事》云：世尊在逝多林，见地不净，即自执帚，欲扫林中。时舍利子、目犍连、大迦叶、阿难陀等，诸大声闻，见是事已，悉皆执帚共扫园林。时佛世尊及圣弟子扫除已，入食堂中，就席而坐。佛告诸比丘，凡扫地有五胜利：一

者自心清净，二者令他心清净，三者诸天欢喜，四者植端正业，五者命终之后当生天上。

二、佛自舁弟子及自汲水

《五分律·佛制饮酒戒缘起》云：婆伽陀比丘以降龙故，得酒醉，衣钵纵横。佛与阿难舁（音余，即共抬也）至井边，佛自汲水，阿难洗之。

三、佛自修房

《十诵律》云：佛在阿罗毗国，见寺门楣损，乃自修之。"

四、佛自洗病比丘及自看病

《四分律》云："世尊即扶病比丘起，试身不净，试已洗之。洗已，复为浣衣晒干。有故坏卧草弃之，扫除住处，以泥浆涂洒，极令清净。更敷新草，并敷一衣，还安卧病比丘已，复以一衣覆上。"

《西域记》云"：祇桓东北有塔，即如来洗病比丘处。"又云："如来在日，有病比丘，含苦独处。佛问：'汝何所苦？汝何独居？'答曰：'我性疏懒，不耐看病，故今婴疾，无人瞻视。'佛愍而告云：'善男子！我今看汝。'"

五、佛为弟子裁衣

《中阿含经》云："佛亲为阿那律裁三衣。"诸比丘同时为连合，即成。

六、佛自为老比丘穿针

此事知者甚多，今已忘记出何经律，不及检查原文，仅就所记忆大略之义录之。佛在世时，有老比丘补衣，因目昏花，未能以线穿针孔中，乃叹息曰："谁当我为穿针？"佛闻之，即立起，曰："我为汝穿之。"

七、佛自乞僧举过

是为佛及弟子等结夏安居既竟，具仪自恣时也。《增一阿含经》云："佛坐草座（即是离本座，敷草于地而坐也。所以尔者，恣僧举过，舍骄慢故），告诸比丘言：'我无过咎于众人乎？又不犯身口意乎！'""如是至三。"灵芝律师云："如来亦自恣者——示同凡法故，垂范后世故，令众省已故，使祈我慢故。"

如是七事，冀诸仁者勉力随学，远离骄慢，增长悲心，广植福业，速证菩提。是为余所希愿者耳！

改习惯

癸酉在泉州承天寺讲

吾人因多生以来之夙习，及以今生自幼所受环境之熏染，而自然现于身口者，名曰习惯。

习惯有善有不善，今且言其不善者。常人对于不善之习惯，而略称之曰习惯。今依俗语而标题也。

在家人之教育，以矫正习惯为主。出家人亦尔。但近世出家人，惟尚谈玄说妙。于自己微细之习惯，固置之不问。即自己一言一动，极粗显易知之习惯，亦罕有加以注意者。可痛叹也。

余于三十岁时，即觉知自己恶习惯太重，颇思尽力对治。出家以来，恒战战兢兢，不敢任情适意。但自愧恶习太重，二十年来，所矫正者百无一二。

自今以后，愿努力痛改。更愿有缘诸道侣，亦皆奋袂兴起，同

致力于此也。

吾人之习惯甚多。今欲改正，宜依如何之方法耶？若罗列多条，而一时改正，则心劳而效少，以余经验言之，宜先举一条乃至三四条，逐日努力检点，既已改正，后再逐渐增加可耳。

今春以来，有道侣数人，与余同研律学，颇注意于改正习惯。数月以来，稍有成效，今愿述其往事，以告诸公。但诸公欲自改其习惯，不必尽依此数条，尽可随宜酌定。余今所述者、特为诸公作参考耳。

学律诸道侣，已改正习惯，有七条。

一、食不言。现时中等以上各寺院，皆有此制，故改正甚易。

二、不非时食。初讲律时，即由大众自己发心，同持此戒。后来学者亦尔。遂成定例。

三、衣服朴素整齐。或有旧制，色质未能合宜者，暂作内衣，外罩如法之服。

四、别修礼诵等课程。每日除听讲、研究、抄写，及随寺众课诵外，皆别自立礼诵等课程，尽力行之。或有每晨于佛前跪读《法华经》者，或有读《华严经》者，或有读《金刚经》者，或每日念佛一万以上者。

五、不闲谈。出家人每喜聚众闲谈，虚丧光阴，废弛道业，可悲可痛！今诸道侣，已能渐除此习。每于食后、或傍晚、休息之时，皆于树下檐边，或经行、或端坐、若默诵佛号、若朗读经文、若默然摄念。

六、不阅报。各地日报，社会新闻栏中，关于杀盗淫妄等事，记载最详。而淫欲诸事，尤描摹尽致。虽无淫欲之人，常阅报纸，亦必受其熏染，此为现代世俗教育家所痛慨者。故学律诸道侣，近已自己发心不阅报纸。

七、常劳动。出家人性多懒惰，不喜劳动。今学律诸道侣，皆已发心，每日扫除大殿及僧房檐下，并奋力作其他种种劳动之事。

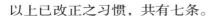

以上已改正之习惯，共有七条。

尚有近来特实行改正之二条，亦附列于下：

一、食碗所剩饭粒。印光法师最不喜此事。若见剩饭粒者，即当面痛诃斥之。所谓施主一粒米，恩重大如山也。但若烂粥烂面留滞碗上、不易除去者，则非此限。

二、坐时注意威仪。垂足坐时，双腿平列。不宜左右互相翘架，更不宜耸立或直伸。余于在家时，已改此习惯。且现代出家人普通之威仪，亦不许如此。想此习惯不难改正也。

总之，学律诸道侣，改正习惯时，皆由自己发心。绝无人出命令而禁止之也。

人生之最后

岁次壬申十二月，厦门妙释寺念佛会请余讲演，录写此稿，于时了识律师卧病不起，日夜愁苦，见此讲稿，悲欣交集，遂放下身心，屏弃医药，努力念佛，并扶病起，礼《大悲忏》，呗声唱诵，长跽经时，勇猛精进，超胜常人。见者闻者靡不为之惊喜赞叹：谓感动之力有如是剧且大耶！

余因念此稿虽仅数纸，而皆撮录古今嘉言及自所经验。乐简略者，或有所取。乃为治定，付刊流布焉。

弘一演音记

第一章　绪　言

古诗云："我见他人死，我心热如火，不是热他人，看看轮到我。”

人生最后一段大事，岂可须臾忘耶！今为讲述，次为六章。如下所列。

第二章　病重时

当病重时，应将一切家事及自己身体悉皆放下。专意念佛，一心希冀往生西方。能如是者，如寿已尽，决定往生。如寿未尽，虽求往生，而病反能速愈。因心至专诚，故能灭除宿世恶业也；倘不如是放下一切、专意念佛者，如寿已尽，决定不能往生。因自己专求病愈，不求往生，无由往生故。如寿未尽，因其一心希望病愈，妄生忧怖，不惟不能速愈，反而增加痛苦耳。

病未重时，亦可服药，但仍须精进念佛，勿作服药愈病之想；病既重时，可以不服药也。余昔卧病石室，有劝延医服药者，说偈谢云：“阿弥陀佛，无上医王，舍此不求，是谓痴狂。一句弥陀，阿伽陀药，舍此不服，是谓大错！”因平日既信净土法门，谆谆为人讲说，今自患病，何反舍此而求医药，可不谓为疾狂大错耶！

若病重时，病苦甚剧者，切勿惊惶，因此痛苦，乃宿世业障。或亦是转未来三途恶道之苦。于今生轻受，以速了偿也。

自己所有衣服诸物，宜于病重之时，即施他人。若依《地藏菩萨本愿经·如来赞叹品》所言：供养经像等，则弥善矣！

若病重时，神识犹清，应请善知识为之说法，尽力安慰。举病者今生所修善业，一评言而赞叹之。令病者心生欢喜，无有疑虑。自知命终之后，承斯善业，决定生西。

第三章　临终时

临终之际，切勿询问遗嘱，亦勿闲谈杂话，恐被牵动爱情，贪恋世间，有碍往生耳。若欲留遗嘱者，应于康健时书写，付人保藏。

081

倘自言欲沐浴更衣者，则可顺其所欲而试为之；若言不欲，或噤口不能言者，皆不须强为。因常人命终之前，身体不免痛苦，倘强为移动，沐浴更衣，则痛苦将更加剧。世有发愿生西之人，临终为眷属等移动扰乱，破坏其正念，遂致不能往生者很多很多；又有临终可生善道，乃为他人误触，遂起心而牵入恶道者。如经所载：阿耆达王死堕蛇身，岂不可畏。

临终时，或坐或卧，皆随其意，未宜勉强。若自觉气力衰弱者，尽可卧床，勿求好看，勉力坐起。卧时本应面西，右胁侧卧。若因身体痛苦，改为仰卧，或面东左胁侧卧者，亦任其自然，不可强制。

大众助念佛时，应请阿弥陀佛接引像，供于病人卧室，令彼瞩视。助念之人，多少不拘。人多者，宜轮班念，相续不断。或念六字，或念四字，或快，或慢，皆须预问病人，随其平日习惯及好乐者念之，病人乃能相随默念。今者助念者皆随己意，不问病人，既已违其平日习惯及好乐，何能相随默念？！余愿自今以后，凡任助念者，于此一事，切宜留意！

又寻常助念者，皆用引磬小木鱼。以余经验言之，神经衰弱者，病时甚畏引磬及小木鱼声。因其声尖锐，刺激神经，反令心神不宁。若依余意，应免除引磬、小木鱼，仅用音声助念，最为妥当；或改为大钟大磬大木鱼，其声宏壮，闻者能起肃敬之念，实胜于引磬小木鱼也。但人之所好，各有不同。此事必须预先向病人详细问明，随其所好而试行之。或有未宜，尽可随时改变，万勿固执。

第四章　命终后一日

既已命终，最切要者，不可急忙移动。虽身染便秽，亦勿即为洗涤，必须经过八小时后，乃能浴身更衣。常人皆不注意此事，而最要紧！惟望广劝同人，依此谨慎行之。

命终前后，家人万不可哭。哭有何益？能尽力帮助念佛，乃于亡者有实益耳。若必欲哭者，须俟命终八小时后。顶门温暖之说，虽有所据，然亦不可固执。但凡平日信愿真切，临终正念分明者，即可证其往生。

命终之后，念佛已毕，即锁房门，深防他人入内误触亡者。必须经过八小时后，乃能浴身更衣（前文已言，今再谆嘱。切记切记！）因八小时内，若移动者，亡人虽不能言，亦觉痛苦。

八小时后着衣，若手足关节硬，不能转动者，应以热水淋洗。用布搅热水，围于臂肘膝弯，不久即可活动，有如生人。

殓衣宜用旧物，不用新者；其新衣应布施他人，能令亡者获福。

不宜用好棺木，亦不宜做大坟。此等奢侈事皆不利于亡人。

第五章　荐亡等事

"七七"日内，欲延僧众荐亡，以念佛为主。若诵经、拜忏、焰口、水陆等事，虽有不可思议功德，然现今僧众视为具文。敷衍了事，不能如法，罕有实益。《印光法师文钞》中屡斥诫之，谓其惟属场面，徒作虚套。若专念佛，则人人能念，最为切实，能获莫大之利矣！

如诸僧众念佛时，家属亦应随念。但女众宜在自室或布帐之内，免生讥议。

凡念佛等一切功德，皆宜回向，普及法界众生，则其功德乃能广大。而亡者所获利益，亦更因之增长。

开吊时，宜用素斋，万勿用荤，致杀害生命大不利于亡人。

出丧仪文，切勿铺张！毋图生者好看，应为亡者惜福也。

"七七"以后，亦应常行追荐，以尽孝思。莲池大师谓：年中常须追荐先亡，不可谓已得解脱遂不举行耳。

第六章　劝请发起临终助念会

此事最为切要！应于城乡各地，多多设立。《饬终津梁》中，有详细章程。宜检阅之。

第七章　结　语

残年将尽，不久即是腊月三十日，为一年最后，若未将钱财预备稳妥，则债主纷来，如何抵挡？吾人临命终时，乃是一生之腊月三十日，为人生最后，若未将往生资粮预备稳妥，必致手忙脚乱呼爷叫娘，多生恶业一齐现前，如何摆脱？

临终虽恃他人助念，诸事如法。但自己亦须平日修持，乃可临终自在。奉劝诸仁者，总要及早预备才好！

李叔同

散文精品

【第二辑】

艺术谈

科学与艺术之关系

英儒斯宾塞曰："文学美术者，文明之花。"又曰："理学者，手艺之侍女，美术之基础。"可见艺术发达之国，无不根据于科学之发达。科学不发达，艺术未有能发达者也。学科中如理科图画，最宜注重。发展新知识、新技能、新事业，罔不根据于是。是知艺术一部，乃表现人类性灵意识之活泼，照对科学而进行者也。

美术、工艺之界说

美术、工艺，二者不可并为一谈。美术者，工艺智识所变幻，妙思所结构，而能令人起一种之美感者也。工艺则注意于实科而已。然究其起点，无不注重于画图。即以美术学校论，以预备画图入手，而雕刻图案、金工铸造各大科中，亦仍注重此木炭、毛笔、用器等画。惟图画之注意，一在应用，一在高尚。故工艺之目的，在实技；美术之志趣，在精神。

摘　绵

摘绵制法，先画一图，不拘花草鸟兽，用色绢剪成小方块，折之以角，层层折叠。如叠花则折长角，鸟羽或用圆角，或用长短角。花梗则用绕绒铜丝。鸟足亦如此。总之，能设色图画者，学习较易。用法或作横挂、屏风、堂幅、照架等类，或堆于绢质花瓶、花篮上，突出如生，色样鲜艳，颇有名贵气。然非善于图画者不辨。女子美术学校盛行之。

堆　绢

堆绢一科，日本称为押绘。先画简笔花鸟于纸，将纸剪下，如式再剪厚纸，以新白棉花堆砌其上。乃用白绢糊之，施以彩色，则堆起如生。（山水人物皆可）然后，或贴于精致木板，或装镜架。日本女子美术学校中，多制此类，为高品盛饰，其实乃传自我国耳！

袋　物

西国小学手工中，袋物一科，极为注重。日本职业女学，亦以此种为一大科，女子依为生计。中分洋纸制、绸布制、皮革制、蒲草编制、藤皮制、麦梗制、竹丝制。色样不一，各适其用。我国旧时女子研究囊类，有所谓发绿袋，前榴后柿等名目，功夫非不精

细。惜绘图不精，形式谬误，劳而寡用，故成废弃。此亟当取法改良耳。

西洋通行各式革囊，如大小洋夹、携囊、书包、票夹等，日本仿造，有用似革纸、或布绸类代之，妙法也，亦省钱也。法：用硬衬衬于内，用绸或布或纸糊于外而缝纫之，坚牢虽不如革，而式靡不同。日本如此改造，实因取便于女子之工作，制造既易，出品即多，所以西洋革囊，不能流入日本。我国女工，苟仿行之，亦杜漏卮之一端哉！

绵细工

此种系用铁丝作骨，绵花为肉，包以绵纸，附以羽毛，制成鸟兽草虫之类，小者为儿童玩物，大者如生物立体相同，为小学校教授模型之用。

厚纸细工

此种以西洋厚纸，切成单片，五洲人种、鸟兽雏形，骨格可以装卸，施以彩色。后面印明该物之状态、生理、性质大略以供小学博物科教授所用。

刺　绣

我国刺绣之所以居于劣败之地，其原因有三：（一）习绣者不习画图，故不知若者为章法之美，若者为章法之劣。昧然从事，不加审择。此其一；（二）习绣者不知染丝、染线之法。我国染色丝线，种类不多，于是欲需何色，往往难求。乃妄以他色代之，遂觉于理不合。此其二；（三）不知普通光学。于是阴阳反侧，光线不能辨别，无论圆柱、椭圆、浑圆等物，往往无向背明晦之差，阴阳浅深之别。一望平坦，无半点生活气。此其三。今欲挽救其弊，在使习绣者必习各种图画。知光线最宜辨别，如法施用。若用缺色，用颜料设法自调自染，自不难达绝妙地步。至于绣工，但求像生，似不必再求过于工细。如古时绣件，作者太觉沉闷，且于生理大有妨碍，似可不必学步。观东西洋绣法，不过留意于以上三者，已觉焕然生色矣。

穿　纱

西洋穿纱，犹中国刺纱（俗名触纱），而一变其法也。法：用白纱一方，以囊针（囊针及白纱，洋行均有之），穿色绒线，刺花于纱上，不拘何种图案，均可依画穿花。如制女鞋、儿帽、床帷、帐颜、镜片、画轴、台毡等，花纹均堆起如生。

火　画

火烙画，其法最古。法用细铁针，握手处装以泥团，防其传热。其针在炉中炙红，画于竹木或石上，则焦痕斑斓可观。日本用酒精灯。钢针连于皮管，皮管连于皮球。一面将针烧红，一面将皮球挤出空气。俟皮管、皮球热后，钢笔传热不退。握笔作画，用可长久，不必屡屡更其笔也。今用竹箸式之铁针十余只，装以木柄，烧于炉中，互相更换，亦火画简便之法也。

木炭画

以焦木炭一条（日本东京小川熊野屋发卖），临画肖像及各种标本。其法但抚取大意，摹拟格式，不求精工。此画前预备功夫不

可少也。如画一人，骨格之高低，面部之正侧，及肌肉之正反，以木炭之浓淡而显出之，于此最为注意。故近视之，则见错乱无规，远望之，则觉深淡得神。故美术学校之木炭画甚为重要也。

该图画室系圆形，中立一人（或坐或立，各种姿势皆可，亦不拘人物、鸟兽），学生皆环坐，画桌用三足架，仅可安放尺幅，以便临抚。如画人面，各就学生一方面观察临写。故一堂学生所绘人面，正反斜侧，各个不同。

油　画

用彩色油漆与松节油调和，使之深浅浓淡，各得其宜。或画于漆板，或画于漆布，或画于漆纸，皆可。先将白油漆作地，待其干后，再以彩色涂之。或用几种色者，挨次堆砌，视其深浅合宜为最佳。惟画图基础，方能出色。

油画分二种：一写意法，一工致法。学者当从工致法入手，及纯熟之后，然后画写意法。（油漆，日本小川町熊野屋发卖，每小匣洋二元，上海外国书坊亦有之，惟其价目甚贵，不易购买。）

关于图画之研究

小学之画，应以铅笔为主，毛笔作辅助而已。其理由：

（一）笔端坚固，描写最易。

（二）一线描坏，易于从旁改正。

（三）消除失笔之便易。

（四）附属品简单。

（五）便于联络用器画及手工之作图。

（六）便于理化笔记及作文之关系（东西各国，近有以画图作文题者。文中之意，即画中之象也。或一题作毕后，即以题中之意画于后也）。

（七）便于实物写生（东西各国之写生画，其课堂长方形，学生环坐四周。中置一桌，桌上置实物。各生所画者各不同，因实物有高低左右之别也）。

（八）便于校外教授时记录（教师每率群生，至校外荒野之地。见植物，即使各生观察详细。呼口令排成扇形，各出铅笔以摹之也）。

（九）与亚笔类似，便于摹仿（亚笔即粉笔）。

图画之种类

（一）随意画；

（二）临画；

（三）写生画；

（四）速写画；

（五）记忆画；

（六）默写画；

（七）图案画；

（八）自由画；

（九）补笔画；

（十）订正画；

（十一）透写画；

（十二）改作画。

随意画者，初等小学第一学年所用。无论圆方形，随己意也。

临画者，用画本临摹也。

写生画者，或山或水，或花木，描摹形态，有阴阳明暗之别。

速写画者，如偶见某物，用极简单之速笔，摹其形也。

记忆画者，画以前画过者。无论何物，随各人记忆而画出之。

默写画者，如欲画一桃子，教师不即言明，只云有某物，叶形如何，梗形如何，果形如何，使学生默画之。

图案画者，大抵系工业上所应用之花纹，最有实用，宜极力提倡之。

自由画者，令各生自随己意，欲画何物而画之也。

补笔画者，教师画一物，有意少画几笔，使学生补之。

订正画者，教师所画之画形，有意误画之，使学生订正。

透写画者，即印范本而画也。此法不可常用，恐养成依赖性也。

改作画者，如画成不分浓淡之毛笔画，用铅笔改正其阴阳、明暗、反正之形态也。

手工与图案

将纸折成一物，贴于画图纸旁，按而临之。此手工与图画浑而为一，养成实业思想之起点，谓之手工画。图案则非仅以目前所见之物而摹写之，如欲绘一花纹，不依据旧法，独凭巧思所构。初用画尺、铅笔、圆规三物。翻变花样，运用不穷，由浅及深，非研究用器画不可。要而言之，讲求工艺，此种画最为重要。试看外国花纸样本，五金雕刻，瓷器翻新，绸绒提花等类，无一不由此入手。

中西画法之比较

西人之画，以照相片为蓝本，专求形似。中国画以作字为先河，但取神似，而兼言笔法。尝见宋画真迹，无不精妙绝伦。置之西人美术馆，亦应居上乘之列。

中画入手既难，而成就更非易易。自元迄今，称大家者，元则黄、王、倪、吴，明则文、沈、唐、仇、董，国朝则四王及恽、吴，共十五人耳。使中国大家而改习西画，吾决其不三五年，必可比踪彼国之名手。西国名手倘改习中画，吾决其必不能遽臻绝诣。盖凡学中画而能佳者，皆善书之人。试观石田作画，笔笔皆山谷；瓯香作画，笔笔皆登善。以是类推，他可知矣。若不能书而求画似，夫岂易得哉！是以日本习汉画者极多，不但无一大家，即求一大名家而亦不可得，职此之故，中国画亦分远近。惟当其作画之点，必删除目前一段境界，专写远景耳；西画则不同，但将目之所见者，无论远近，一齐画出，聊代一幅风景照片而已。故无作长卷者。余尝戏谓，看手卷画，犹之走马看山。此种画法，为吾国所独具之长，不得以不合画理斥之。

焦画法

焦画器械，为现在泰西最盛行之画具，又为最良之娱乐。故于绅士淑女间，颇欢迎之。殊不让油绘、水彩画与写真术也。

此器械因药品之作用，以火烧"ブテヂナ"之针，能在木、竹、象牙、角、革、厚和洋纸、天鹅绒等材料上作人物、花鸟、风景、模样（即图案）等，不论中西画法，皆能合式，可随意为之。

但在绒类上，须别用"镘"，套于针笔上。

器械有两种：

第一种：挥发坛，橡皮装送气器、橡皮管、酒精灯、针柄、针笔。

第二种：与第一种同，但不用酒精灯。仅于挥发坛塞子上装成灯头，可以点火，代酒精灯用。

注意，第一种使用法：

先将挥发油入于挥发坛中，将塞子塞好。再将酒精灯点起来，以右手握针柄（针须先冠好），在酒精灯上将针尖烧红为止。再以左手轻轻握送气器数回（但预先必须将橡皮管安在坛上），此时针尖火力加热放炎，酒精灯即可吹灭。但左手须握送空气不绝，则针

尖之热炎必不至减少。又握力之强弱，与热炎之强弱有关系，作画时用笔有轻有重，须以握力为之也。

炭画法

用　品

炭笔　炭笔略分三号（又名画图铅）：一号坚而淡，用画轻细线；二号乃通用者；三号软而黑，用画深浓处。

纸卷皮卷　用灰色纸卷制成者，谓之纸卷；用鹿皮制成者，谓之皮卷。皆藉以染炭笔之煤也。其深浓处，可用纸卷以加重，轻淡处则用皮卷以擦匀。

炭画放大法　放照欲求逼肖，须用九宫格，将干板浸入苏打水内，干板即成透明（软片及千层纸亦可）。将有药一面划成方格，乃为放照之主要品。

炭画保存法　将画成之照，取直蜡丁宜（洋菜及石花菜亦可）溶化于水，再加酒精十分之三，取其易干，用喷水管吹入画面，庶炭不脱落，可保久存。

注意　喷水管之制法，将细玻管两只，一长一短，合成曲尺形，长者一端略尖。

普通图画教育

是编前半，大致据黑田氏在经纬学堂所讲述者为蓝本。后半则多采他家之说，或加以管见。行文力求浅显，便初学也。初次起稿，信手挥写，不分章节。俟他日全编脱稿后，当再加以订正也。

图画为一种专门之学问，高深精微，无穷无尽。非吾辈浅学者所敢妄论，今择其关于普通教育之浅近者，述之如下。

图画与教育之关系及其方法

各科学非图画不明，故教育家宜通图画。学图画尤当知其种种之方法。如画人体，当知其筋骨构造之理，则解剖学不可不研究。如画房屋与器具，当知其远近距离之理，则远近法不可不研究。又，图画与太阳有最切之关系，太阳光线有七色，图画之用色即从此七色而生，故光学不可不研究。此外又有美术史、风俗史、考古学等，亦宜知其大略。

图画之目的

（甲）随意　凡所见之物，皆能确实绘诸纸上，故凡名山大川、珍奇宝物，人力所不能据为己有者，图画家则可随意掠夺其形色，绘入寸帧。长房缩地之术，愚公移山之能，图画家兼擅之矣。

（乙）美感　图画最能感动人之性情。于不识不知间，引导人之性格入于高尚优美之境。近世教育家所谓"美的教育"，即此方法也。

西洋画法草稿（一）

西洋画之类别

西洋画之类别，或依题目分之，或依技工分之，或依画幅分之。其依题目分者，表如左：（略）

依技工分者，表如左：（略）

依画幅分者，分大、中、小三等。此外，又有密画一种，为画幅之最小者。

以上之类别，据哈德曼氏所定。译名多从日本旧译。亦有以己意改订者。其定名之意义与界限，简略述之如下，以备初学者参考。

西洋画法讲义

总　论

天地万物，皆具自然之美。凡吾人目所见者，可以自由模写。其模写之美恶，实与其技术之巧拙相关系。非自然物有美恶之别也。

故作画者首重视力，辨别宜精细。

对于自然物，宜忠实，不可杜撰。学画之人往往有中途辍业者，皆由于薄视自然。故取法自然，为学画者第一义。

趣味人各不同。名手画家有专写下等社会之形状，及污秽之物者，然其趣味自高雅。盖绘画之趣味虽关于天然物，亦关于作画者之素养。记忆力亦重要。太阳之光线随时变化，吾人所见之自然物亦因之变化。无记忆力，必不能画瞬间之美。

初学描画，当知准备，今述之如下：

第一，位置：位置分两种：（一）天然之位置，如河海山林等。（二）人工之位置，如静物画之类，皆由人手定其位置者是。然人工之位置，须成自然之形。倘位置无法，画笔虽巧，亦不能成为佳作。（详细见后构图说）。

第二，形：凡物以形为基础。绘画尤重形。故不能作正确之形者，必不能作画。画形须由大处着眼。

形成然后求面。初学作画，尤须着意画面。如明暗、平立等是。

第三，调子：凡表明物之圆扁、远近、软硬等色彩浓淡之度，谓之调子。

调子之原则，凡最明处所接之阴面必最暗，凡最暗处所接之阳面必最明。

又，近处明暗共强，远处明暗共弱。

学画调子，必须由大处着眼。

调子分强调子、弱调子；明调子、暗调子。初学作画，宜强宜明。

又，表明远近调子之原则，即近景最明，中景暗，远景较近景暗，较中景明。又如近处最暗，中景明，远景较中景稍暗。

第四，色：色与调子不可离，当与调子同时研究。

于画面之上，分色之善恶，有二种：

（一）画面全体之色；

（二）画面一部分之色。

但二者之中，以第一种为重。倘一部分之色虽佳，全体之色甚恶，决非佳作。

色彩当取法天然，多用暖色为宜。绘画大家，或有喜多用冷色者，然初学大不相宜。

暖色赤黄之类。

冷色青绿之类。

此外，又分透明色、不透明色、半透明色三类。

透明色如Pink Madder等

不透明色Vermilion等

半透明色Cobalt等

一般画家每于阴面用透明色，于阳面用不透明色。但彼此混用，亦无不可。

初学作画之色彩，宜华丽。绘画大家有专用涩色者，初学大不相宜。

第五，画题：画家作画，必先有画题。但练习作画时，可以不用。

第六，主客：一幅绘画之内，必有主客。如画人物，以人物为主，人物以外者皆为客；如描几上之果物，以果物为主，其旁所有之玻璃杯等，皆为客。作画时，不可以客位夺主位。务使主客分明为要。

第七，构图：以前所述之主客，为构图第一要义。否则，看画者之目力，不能专注于画面之一处、其画即失之于散漫无章。

（未完）

羽造花

日本造花店，用各种鸟毛，染以彩色；花瓣剪成圆形，叶片形式，各如其花之形态而定。闻染色之时用胶水涂之，取其鲜明而牢固。南京劝业会暨南馆亦有之，但不如日本所造之佳。

丁香编物

新加坡教会女学堂中，以丁香编织各物为最妙。如花篮、花瓶、小船、镜架等种种，以丁香穿于细铜丝，扎成细工。古雅芳香，甚为可爱。

通花剪花

绘水彩画于大通草上，则通草经受湿处，花纹自然突起，依样剪下，粘贴于鸟绒之上，装于镜架，十分美观。曾见于直隶馆中。

木嵌画

用各种天然有色之木，依山川形色而雕刻之，亭台木石，深深浅浅，镶刻于白木之中，而又以彩色烘托之。思想高尚，何与伦比。日本东京艺术学会有此制品。

冻石画

浙江温州所制之冻石画，其法与木嵌画同。用各色之冻石，雕刻各种人物山水，镶嵌于木屏中，凹凸玲珑，真奇妙也。

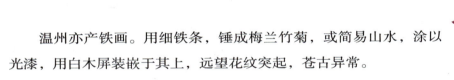

铁画

温州亦产铁画。用细铁条，锤成梅兰竹菊，或简易山水，涂以光漆，用白木屏装嵌于其上，远望花纹突起，苍古异常。

麦杆画

工艺馆有阙尹氏所制麦杆画。用麦柴劈为细丝，先用胶水画工细人物于绢上，将麦丝按图细腻匀贴，丝毫无误。真创见之作也。

美术界杂俎

世界名优亨利阿文格氏

氏英人，今年十月十四日以急病死，英王、美大统领金致词吊唁。氏生时，于学靡不窥，肆业达柏林、康布利几两大学，授文学博士号。又，格辣斯大学授法律博士号。以故盛名传遐迩。日本名优游英者，无不以得亲颜色为幸。氏性高尚，善雄辩。登场献技，喜为悲剧之音，与日本团十郎相仿佛。英国剧界改良，氏之力为多。今赍志以没，识者金谓英国丧一大光明云。

日本洋画大家三宅克巳氏

氏阿波国德岛人。幼时酷嗜绘画，殆废寝食。十七岁，游于大野幸彦氏之门，专修洋画。明治二十四年，氏看英人今勃利氏水彩画展览会，忽发感触，遂决定专门研究水彩画。顾日本工此者鲜，靡自取法。后往欧美，与彼都名士游，究心探讨，其技以是大成。归国后画名益著，推为水彩画之山斗。氏著作甚富，余所及见者数种，附志于左。世有同好，愿先睹焉。

日本洋画杂志一斑

日本画派有两种：日本画、洋画。日本画发达最早，已出版之杂志，不下数十种。洋画近年始发达，进步甚迅，杂志出版者亦有十余种。右所记载，不无挂漏，然亦可窥见一斑矣。

日本近日美术会汇记

日本美术协会第三十八回展览会，在上野同会列品馆，由十月十一日至十一月三十日止。

日月会展览会，由八月十五日至九月二十八日止，在上野第五号开会。出品之种类：绘画、雕塑、图案、新古参考品等。新作中最著者，有根本雪逢氏之花鸟屏风一双，小川荣达氏之美国贵宾入京、两国川开等。

白马会展览会由九月二十一日开会，在上野。新作品有和田英氏之《衣通媛》、冈田三郎助氏之《神话》、中泽弘光氏之《风景》、小林千古氏之《寺院之装饰》、《巴里之色》、《日本之色》等。

二叶会例会八月十二日开，在本乡麟祥院。出品之画，受赏者，一等，高桥广湖；二等，那须丰庆；三等，中仓玉翠。

日本绘叶书展览会由九月十八日开会。每日入场观览者，有五百余人，可云极盛。（绘叶书即邮政片加以绘画者。）

东京音乐学校音乐会十月二十八日开会。

（一）管弦合奏Ouverture "IkhigeniainAulio"。

（二）合唱

    （甲）光由东方；

    （乙）墓前之母；

    （丙）菊之杯。

（三）（甲）管弦合奏Menuett；

    （乙）弦乐合奏Serenade。

（四）独唱Oria。唱者，研究科女学生小室千笑。

（五）洋琴管弦合奏Concerts。

（六）管弦合奏

    （甲）Marchefunebre；

    （乙）Sohengrin。

（七）唱歌、管弦合奏鞭声肃肃。

释美术

　　兹有告者，游艺会节目，分手工部为美术手工、教育手工、应用手工，云云。似未适当。某君评语，"手工宜注意恩物一门，勿重美术"，是亦分手工恩物与美术为二，似为不妥。西学入中国，新名词日益繁，或袭日本所译，或由学者所订，其能十分适当者，盖鲜。学子不识西字，仅即译名之字义，据为定论者，姑无论已。或深知西字，而于原字种种之意义，及种种之界限，未能明了，亦难免指鹿为马也。美术之字义，西儒解释者众，然多幽玄之哲理。非专门学者，恒苦不解。今姑从略。请以通俗之说，述之如下：

　　美，好也，善也。宇宙万物，除丑恶污秽者外，无论天工、人工，皆可谓之美术。日月霞云，山川花木，此天工之美术也；宫室衣服、舟车器什，此人工之美术也。天无美术，则世界浑沌；人无美术，则人类灭亡。泰古人类，穴居野处，迄于今日，文明日进。则美术思想有以致之。故凡宫室衣服，舟车器什，在今日，几视为

人生所固有，而不知是即古人美术之遗物也。古人既制美术之物，遗我后人。后人摹造之，各竭其心思智力，补其遗憾，日益精进，互以美术相竞争。美者胜，恶者败，胜败起伏，而文明以是进步。故曰，美术者，文明之代表也。观英、法、德诸国，其政治、军备、学术、美术，皆以同一之程度，进于最高之位置。彼目美术为奢华，为淫艳、为外观之美者，是一孔之见，不足以概括美术二字也。

综而言之，美术字义，以最浅近之言解释之，美，好也；术，方法也。美术，要好之方法也。人不要好，则无忌惮；物不要好，则无进步。美术定义，如是而已！

以手制物，谓之手工。无术不能成。恩物亦手工中之一门，以手制造者，故恩物亦无术不能成。此固尽人皆知，非仆所强为牵合者。手工恩物既无术不能成，而独晓晓以重美术为戒，夫万物公例无中立，嗜美嗜恶，必居其一。不重美术，将以丑恶污秽为贵乎，仆知必不然也。

以上所解释美术者，虽属广义，然仆敢断定，手工恩物为应用美术之一种，此固毫无疑义者也。

美术之定义与界限，以上所言者，不过十之二三。他日有暇，当撰完全之美术论，以备足下参考。

辛丑北征泪墨

　　游子无家，朔南驰逐。值兹离乱，弥多感哀。城郭人民，慨怆今昔。耳目所接，辄志简编。零句断章，积焉成帙。重加厘削，定为一卷。不书时日，酬应杂务。百无二三，颜曰：《北征泪墨》，以示不从日记例也。辛丑初夏，惜霜识于海上李庐。

光绪二十七年春正月，拟赴豫省仲兄。将启行矣，填《南浦月》一阕海上留别词云：

　　杨柳无情，丝丝化作愁千缕。惺忪如许，萦起心头绪。谁道销魂，尽是无凭据。离亭外，一帆风雨，只有人归去。

越数日启行，风平浪静，欣慰殊甚。落日照海，白浪翻银，精采眩目。群鸟翻翼，回翔水面。附海诸岛，若隐若现。是夜梦至家，见老母室人作对泣状，似不胜离别之感者。余亦潸然涕下。比醒时，泪痕已湿枕矣。

途经大沽口，沿岸残垒败灶，不堪极目。《夜泊塘沽》诗云：

> 杜宇声声归去好，天涯何处无芳草。春来春去奈愁何？流光一霎催人老。
> 新鬼故鬼鸣喧哗，野火磷磷树影遮。月似解人离别苦，清光减作一钩斜。

晨起登岸，行李冗赘。至则第一次火车已开往矣。欲寻客邸暂驻行踪，而兵燹之后，旧时旅馆率皆颓坏。有新筑草舍三间，无门窗床几，人皆席地坐，杯茶盂馔，都叹缺如。强忍饥渴，兀坐长喟。至日暮，始乘火车赴天津。路途所经，庐舍大半烧毁。抵津城，而城墙已拆去，十无二三矣。侨寄城东姚氏庐，逢旧日诸友人，晋接之余，忽忽然如隔世。唐句云："乍见翻疑梦，相悲各问年。"其此境乎！到津次夜，大风怒吼，金铁皆鸣，愁不成寐，诗云：

> 世界鱼龙混，天心何不平！岂因时事感，偏作怒号声。烛尽难寻梦，春寒况五更。马嘶残月坠，笳鼓万军营。

居津数日，拟赴豫中。闻土寇蜂起，虎踞海隅，屡伤洋兵，行人惴惴。余自是无赴豫之志矣。小住二旬，仍归棹海上。天津北城旧地，拆毁甫毕。尘积数寸，风沙漫天，而旷阔逾恒，行道者便之。晤日本上冈君，名岩太，字白电，别号九十九洋生，赤十字社中人，今在病院。笔谈竟夕，极为契合，蒙勉以"尽忠报国"等语，感愧殊甚。因成七绝一章，以当诗云：

> 杜宇啼残故国愁，虚名遑敢望千秋。男儿若论收场好，不是将军也断头。

越日，又偕赵幼梅师、大野舍吉君、王君耀忱及上冈君，合拍一照于育婴堂，盖赵师近日执事于其间也。

居津时，日过育婴堂，访赵幼梅师，谈日本人求赵师书者甚多，见予略解分布，亦争以缣素嘱写。颇有应接不暇之势。追忆其姓名，可记者，曰神鹤吉、曰大野舍吉、曰大桥富藏、曰井上信夫、曰上冈岩太、曰塚崎饭五郎、曰稻垣几松。就中大桥君有书名，予乞得数幅。又丐赵师转求千郁治书一联，以千叶君尤负盛名也。海外墨缘，于斯为盛。北方当仲春天气，犹凝阴积寒。抚事感时，增人烦恼。旅馆无俚。读李后主《浪淘沙》词"帘外雨潺潺，春意阑珊。罗衾不耐五更寒"句，为之怅然久之。既而，风雪交加，严寒砭骨，身着重裘，犹起栗也。《津门清明》诗云：

> 一杯浊酒过清明，觞断樽前百感生。辜负江南好风景，杏花时节在边城。

世人每好作感时诗文，余雅不喜此事。曾有诗以示津中同人。诗云：

> 千秋功罪公评在，我本红羊劫外身。自分聪明原有限，羞从事后论旁人。

北地多狂风，今岁益甚。某日夕，有黄云自西北来，忽焉狂风怒号，飞沙迷目。彼苍苍者其亦有所感乎！二月杪，整装南下，第

一夜宿塘沽旅馆。长夜漫漫，孤灯如豆，填《西江月》一阕词云：

> 残漏惊人梦里，孤灯对景成双。前尘渺渺几思量，只道人归是谎。谁说春宵苦短，算来竟比年长。海风吹起夜潮狂，怎把新愁吹涨。

越日，日夕登轮。诗云：

> 感慨沧桑变，天边极目时。晚帆轻似箭，落日大如箕。风卷旌旗走，野平车马驰。河山悲故国，不禁泪双垂。

开轮后，入夜管弦嘈杂，突惊幽梦。倚枕静听，音节斐亹，飒飒动人。昔人诗云："我已三更鸳梦醒，犹闻帘外有笙歌。"不图于今日得之。舟泊烟台，山势环拱，帆樯云集，海水莹然，作深碧色。往来渔舟，清可见底。登高眺远，幽怀顿开。诗云：

> 澄澄一水碧琉璃，长鸣海鸟如儿啼。晨日掩山白无色，□□□□青天低。

午后，偕友登烟台岸小憩，归来已日暮。□□□开轮。午餐后，同人又各奏乐器，笙琴笛管，无美不□。迭奏未已，继以清歌。愁人当此，虽可差解寂寥。然河满一声，奈何空唤；适足增我回肠荡气耳。枕上口占一绝，云：

> 子夜新声碧玉环，可怜肠断念家山。劝君莫把愁颜破，西望长安人未还。

呜呼！词章！

　　　　本文一九○五年秋作于日本东京，后收入李叔同编辑的《音乐小杂志》。

　　予到东后，稍涉猎日本唱歌，其词意袭用我古诗者，约十之九五（日本作歌大家，大半善汉语）。我国近世以来，士习帖括、词章之学，金蔑视之。晚近西学除入，风靡一时，词章之名辞几有消灭之势……迨见日本唱歌，反啧啧称其理想之奇妙，凡我古诗之唾余，皆认为岛夷所固有，既出冷于大雅，亦贻笑于外人矣（日本学者皆通《史记》《汉书》，昔有日本人举"史""汉"事迹置诸吾国留学生，而留学生茫然不解其所谓，且不知《史记》《汉书》为何物，至使日本人传为笑柄）。

中国学堂课本之编撰

学堂用经传，宜以何时诵读，何法教授，始能获益？

吾国旧学，经传尚矣。独夫秦汉以还，门户攸分，人主出奴，波未已。逮及末流，或以笺注相炫，或以背诵为事。骛其形式，舍其精神。而矫其弊者，则又鄙经传若为狗，因噎废食，必欲铲除之以为快。要其所见，皆偏于一，非通论也。乃者学堂定章，特立十三经一科。迹其方法，笃旧已甚，迂阔难行，有断然者。不佞沉研兹道有年矣，姑较所见，以着于篇。知言君子，或有取于是焉。

（甲）区时。我国旧俗，乳臭小儿，入塾不半稔，即授以《学》《庸》。夫《大学》之道，至于平天下，《中庸》之道极于无声臭，岂弱龄之子所及窥测！不知其不解而授之，是大愚也。知其不解而强授之，是欺人也。今别其次序，区时为三：一蒙养，授十三经大意。此书尚无编定本，宜由通人撮取经传纲领总义，编辑成书。文词尚简浅，全编约三十课。每课不逾五十字，俾适合于蒙养之程度。凡蒙学堂末一年用之，每星期授一课，一年可读毕三十课，示学者以经传之门径。二小学，授《孝经》《论语》《尔雅》。《孝经》为古伦理学，虽于伦理学全体未完备，然其程度适合小学。《论语》为古修身教科书，于私德一义，言之綦翔。庄子称"孔子内圣之道在《论语》"，极有见。《尔雅》为古辞典，为小学必读之书。读此再读古籍，自有左右逢源之乐。三中学，授《诗》《孟子》《书》《春秋》三《传》、三《礼》《易》《中庸》。《诗经》为古之文集（章诚斋《诗教篇》翔言之）。有言情、达志、敷陈、讽谕、抑扬、涵泳诸趣意，宜用之为中学唱歌集。其曲谱取欧美旧制，多合用者。（余曾取《一剪梅》《喝火令》《如梦令》诸词，填入法兰西曲谱，亦能合拍。可见乐歌一门，非有中西古今之别。）如略有参差，则稍加点窜，亦无不可。欧美曲谱，原有随时编订之例，毋待胶柱以求也。《孟子》于政治、哲学兪有发明。近人有言曰："举中国之百亿万群书，莫如《孟子》，"持论至当。《书经》为本国史，《春秋》三《传》为外交史，皆古之历史也。刘子元判史体为六家，而以《尚书》《春秋》《左传》列焉，可云卓识。三《礼》皆古制度书，言掌故者所必读。晰而言之，《周礼》属于国，《仪礼》属于家，《礼记》条理繁富，不拘一格，为古学堂之普通读本。此其异也。若夫《易经》《中庸》，同为我国古哲学书。汉儒治《易》喜言数，宋儒治《易》喜言理。然其立言，皆不无偏宕，学者宜会通观之。《中庸》自《汉书·艺文志》裁篇别出，后世刊行者皆单行本。其理想精邃，决非小学所能领悟，中学程度授之以此，庶几近之。

（乙）窜订。笃旧小儒，其斥人辄曰："离经叛道"，是谬说也。经者，世界上之公言，而非一人之私言。圣人不以经私诸己，圣人之徒不以其经私诸师。兹理至明，靡有疑义。后世儒者，以尊圣故，并尊其书。匪特尊其书，并其书之附出者亦尊之，故十三经之名以立。而扬雄作《法言》，人讥其拟《论语》；作《太玄》，

人讥其拟《易》。王通作《六籍》，人讥其拟圣经。他若毛奇龄作《四书改错》，人亦讥其非圣无法。以为圣贤之言，亘万古，衷九垓，断无出其右者，且非后人可以拟议之者。虽然，前人尊其义，因重其文；后儒重其文，转舍其义。笺注纷出，门户互争。《大学》"明德"二字，汉儒据《尔雅》，宋儒袭佛典，其考据动数千言。秦延君说《尧典》篇目，两字之说十万言。说"曰若稽古"四字三万言。甚至一助词、一接续词之微，亦反复辩论，不下千言。一若前人所用一助词、一接续词，其间精义，已不可枚举。亦知圣贤之微言大义，断不在此区区文字间乎！矧夫晚近以还，新学新理，日出靡已，所当研究者何限，其理想超轶我经传上者又何限！而经传所以不忍遽废者，亦以国粹所在耳。一孔之儒，喜言高远，犹且故作伟论，强人以难。夫强人以难，中人以下之资，其教育断难普及，是救其亡，适以促其亡也。与其故作高论促其亡，曷若变通其法薪其存！变通其法，舍删窜外无他求。删其冗复，存其精义；窜其文词，易以浅语，此删窜之法也。若夫经传授受之源流，古今经师之家法，诸儒笺注之异同，必一一研究，最足害学者之脑力，是求益适以招损。今编订经传释义，皆以通行之注释为准，凡异同之辨，概付阙如，免淆学者之耳目。此订正之法也。

《孝经》《论语》皆小学教科书，删其冗复，存者约得十之六七。易其章节体为问答体（如近编之《地理问答》《历史问答》之格式是）。眉目清晰，条理井然，学者读之，自较章节体为易领会。唯近人编辑问答教科书，其问题每多影响之处。答词不能适如其的，不解名学故也。脱以精通名学者任编辑事，自无此病。

《尔雅》前四篇，鲜可删者，其余凡有冷僻名词不经见者，宜酌为删去。原文简明，甚便初学，毋俟润色。《尔雅图》，可以助记忆之力，宜择其要者补入焉。

《诗经》作唱歌用，体裁适合，无事删润。

《孟子》亦宜改为问答体，删润其原文，以简明为的。近人

《孟子微》，颇有新意，可以参证。

《尚书》原文，最为奥衍。宜用问答体，演成浅近文字。

《春秋》三《传》，唯《左传》纪事最为翔实。刘子元《申左篇》尝言之矣。今当统其事实之本末，编为问答体（或即用《左传纪事本末》为蓝本，而删润其文）。以为课本。其《公》《谷》二《传》，用纪事本末体，略加编辑，作为参考书。

近人孙治让撰《周礼政要》，取舍綦当，比附亦精，颇可用为教科书。近今学堂用者最多。唯论词太繁。宜总括大义，加以润色。每节论词，不可逾百字。

《仪礼》宜删者十之八，仅通大纲已足。《礼记》宜删者十之六。以上两种，皆用问答体。

我国言《易》《中庸》，多涉理障。宜以最浅近文理，用问答体为之。日儒著《支那文明史》《支那哲学史》，言《易》理颇有精义，可以参证。

问答体教科书，欧日小学堂有用之者。我国今日既革背诵之旧法，而验其解悟与否，必用问答以发明。唯经传意义艰深，条理棼杂，以原本授学者，行问答之法，匪特学者不能提要钩元，为适合之答词，即教者亦难统括大意，为适合之问题。（今约翰书院读《书经》《礼记》《孟子》《论语》等，佥用原本教授，而行问答之法。教者、学者两受其窘。）吾谓，编辑经传教科书，泰半宜用问答体，职是故也。

呜乎，处今日之中国，吾不敢言毁圣经，吾尤不忍言尊圣经。曷言之？过渡时代，青黄莫接。向之圣经，脱骤弃之若敝屣，横流之祸，吾用深惧。然使千百稔后，圣经在吾国犹如故，而社会之崇拜圣经者，亦如故。是尤吾所恫心者也。不观英儒颉德之言乎："物不进化，是唯母死。死也者，进化之母。其始则优者胜，劣者死，厥后最优者出。向所谓优者，亦寝相形而劣而死。其来毋始，其去毋终。递嬗靡已，文化以进。"我族开化早于他国，二千稔

113

来，进步盖鲜。何莫非圣经不死有以致之欤！一孔之士，顾犹尊之若鬼神，宝之若古董，譬诸日月经天，江河行地。是亦未审天演之公例也。前途茫茫，我忧孔多。撰《学堂用经传议》既竟，附书臆见如此。愿与大雅宏达共商榷焉。

行已有耻使于四方不辱君命论

间尝审时度势，窃叹我中国以仁厚之朝，而出洋之臣，何竟独无一人能体君心而达君意者乎？推其故，实由于行已不知耻也。《记》曰："哀莫大于心死。"心死者，诟之而不闻，曳之而不动，唾之而不怒，役之而不惭，刲之而不痛，糜之而不觉。则不知耻者，大抵皆心死者也。其行不甚卑乎！

……然而我中国之大臣，其少也不读一书，不知一物，以受搜检。抱八股韵，谓极宇宙之文。守高头讲章，谓穷天人之奥。是其在家时已恭然无耻也。即其仕也，不学军旅，而敢于掌兵。不识会计，而敢于理财。不习法律，而敢于司理。瘖聋跛疾，老而不死；年逾耄颐，犹恋栈豆。接见西官，栗栗变色。听言若闻雷，睹颜若谈虎。其下焉者，饱食无事，趋衙听鼓，旅进旅退，濡濡若驱群豕，曾不为耻。

是其行已如是。一旦衔君命，游四方……见有开矿产者，有习

格致者，有图制作者，彼将曰区区小道，吾儒不屑为也。其实彼则不识时务者也。……此所以辱君命者。然则所耻者何？亦耻己之所不能者耳。己之所不能者，莫如各国之时务。首考其地理，次问其风俗，继稽夫人心。又必详察夫天文，观其分野而知其地舆。今日者，人臣苟能于其所不能而耻者……使于四方，又何至贻强邻之讪笑，而辱于君命乎？

吾尝考之：苏武使匈奴，匈奴欲降之，武不从，置窖中六日，武啮雪得不死。又迁之北海，卒不屈。是其不辱君命，非其行己有耻故乎！……虽羞恶之心，人皆有之。而何以今天下安于城下之辱，陵寝之蹂躏，宗社之震恐，边民之涂炭，而不思一雪，乃托虎穴以自庇。求为小朝廷，以乞旦夕之命，非明明无耻乎？朝睹烽燧，则苍黄瑟缩；夕闻和议，则歌舞太平。其人犹谓为有耻不得也。

乾始能以美利利天下论

《易》云："乾始能以美利利天下。"吾盖三复其词，而叹天之生材，有利于天下者，固不乏也，况美利乎！而今天下之美利，莫外于矿产，而中国之矿产，尤盛于他国。今山东之矿已为他人所笼。山西之矿，亦为西商所觊。若东三省之金，湖南、四川、云南，以及川滇界夷地番地之五金煤炭，最为丰饶。他省亦复不少。

……有矿之处，宜由绅商公议，立一矿学会。筹集斧资，公举数人出洋，赴矿学堂学习数年，学成回华，再议开采。察矿之质性，而后采矿。能不用西师固善，即仍用西师，我亦可辨其是非而不为所欺。……中国近年来部库空虚，司农几乎束手，而实逼处此，又不能不勉强支持。以故款愈绌而事愈多，事愈多而费愈重。除军警之饷需、文武之廉俸、各局厂委员司事之薪水、工食诸正款概不计算外，他若修铁路也、立学堂也、定造兵轮、购办枪炮，以及子弹火药也，种种要需，均属万不得已。

……扼要之图，厥有四事：

一曰习矿师。开矿之法，识苗为先。当日所延矿师，半系外洋无赖，夸张诡诈，愚弄华人，婪薪棒数万金，事后则飘然竟去。滇南延诸日本，受弊亦同。必须令出洋学生专门学习，参以西法，精心考验，明试以功，斯则坤人之选也。

二曰集商本。近日集股之事，闻者咸有戒心。苟有亏蚀，查究着偿。股票由商部印行，务使精美，不能作伪，乃能取信于民也。

三曰弭事端。众逾千人，派兵弹压，并矿丁团练，以防未然。秩之崇卑，视矿之大小，督抚兼辖。矿政如盐政之例，以一事权。矿中危险颇多，仍参仿西国章程办理。

四曰征税课。矿税不能定额，情形时有变迁，宜略仿泰西二十分抽一，信赏必罚，酌盈剂虚，因时制宜，随地立法。事之济否，首在得人矣。

……盖以士为四民之首，人之所以待士者重，则士之所以自待者益不可轻。士习端而后乡党视为仪型，风俗由之表率。务令以孝悌为本，才能为末。器识为先，文艺为后。

论语言之齐一

　　我国各地交通不便，语言因以参差。今汽车、汽船既未遍通，有何良策能使语言齐一欤？

　　语言之变迁，其与进化相关系欤！荒裔野人，匪谙言词。蟠屈其指，作式以代。蛮野之状，吾不论矣。独夫弱劣之族，晤瓻寡识。国语歧异，每不相埒。又其甚者，邻毗之间，家各异言。室人告语，他人闻之，辄为瞠目。既靡合群之力，无复爱国之想。澌灭之原，实基于是。黑奴红种，其彰彰者。惟我祖国，语言杂遝；外人著述，颇有以是相讥讪者。晚近以还，蹂踔之士，佥稔语言歧异之为我国大谬也，于是有改良语言之议。虽然，谋之不臧，获效靡自，余心恫焉。不揣梼昧，为撰中国语言齐一说。

　　语言岂历久而不变者欤？究语言之学，考世界国语所肇祖，奚不出自一干。乃递嬗递变，迄于今兹，其种类盖三千有奇矣。虽然，古昔之时，交通隔绝，其日趋于异也固宜。今则舟车交驰，千

里俄顷。交通之利，邃古所无。向之由同而异者，今且有由异而同之势焉。特由异而同，其为变盖渐，匪吾人所及穷诘。然吾敢言，京垓年岁后，世界言语必有大同之一日也。我国国语，凡涉及新学术、新制造、新动植物，多假他国字音以为名，此亦一证。以一国言之，其变迁之迹，尤为凿凿可据。日本九州岛大阪，语言向与东京不相符。乃自交通频繁，不十余稔，骎骎有划一之风。变迁之迅，盖有如此。若以我国言之，进步之迅，远不逮日本。然其迹亦有可按者。自遂古迄近世，黄河流域，若豫，若鲁，若燕，若晋，若秦，金为帝都，举中原衣冠之士凑集焉。故其语言多相若。厥后，隋场浚运河，南北统一，而南方之语言一变。金陵为帝都垂四百年，长江之交通日繁，而南方之语言又一变。迄今长江流域与黄河流域之语言，相似者多，职是故也。自兹而外，若滇，若黔，若粤西，其民族土著盖鲜，来自他乡者居泰半，故语言变迁最着，无撑犁孤涂之病。若夫吴越南境，闽南粤东两省，晚近交通始盛，语言之变迁，犹未显著，故与他省较然不相似。以上所言，盖其大略。晰而言之，彼黄河、长江流域之语言，虽曰略同，岂无歧异者在？矧夫以全国计之，语言之歧异者，实居其多数也。语言歧异，为国之羞。齐一之法，夫何可缓！汽船、汽车，既未遍通，听诸天然，近效莫得。无已，其假诸人力乎！

假诸人力，必自教育始矣。教育之道有二：（甲）设官话学堂；（乙）学堂设官话学科。准兹二者，则乙为优。设官话学科于中学、小学，不若设于蒙学。年愈稚，习语言愈易，其利一；教育普及，其利二；习此可以兼通文法大纲，官话教科书中，单字依文法大纲排列。其利三；蒙学毕业入小学，即一例用官话，凡寻常应对，课堂授受，无须再用土白，其利四；此其学制也。若夫教授之法，近人论者盖鲜。然以华人授外人土白之例行之，则未可也。今拟教授之法数端如下：

一、设官话师范讲习所。择通达国文而能操纯官音者，官音以

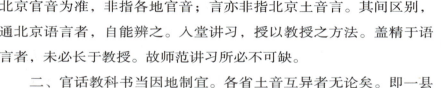

北京官音为准，非指各地官音；言亦非指北京土音言。其间区别，通北京语言者，自能辨之。入堂讲习，授以教授之方法。盖精于语言者，未必长于教授。故师范讲习所必不可缺。

二、官话教科书当因地制宜。各省土音互异者无论矣。即一县之内，乡镇与城市，土音亦有微异者。宜专订教科书，无稍假借。盖教授官话，必用土音为之比较也。

三、教科书编辑法。大纲凡二：（甲）区别。区别为三类：一曰异音，即字同而音异者。如"黄"字，沪音作wong，官音作whong之类是；二曰异字，分两种。意同而用字异者，如沪称"晓得"，官话作"知道"之类是；用字反背者，如有人持柬速驾，沪语则应之曰"就来"。官话则应之曰"就去"。"来"与"去"为反背词。此种异字虽少，然亦不可不知。三曰异文法，即句法微异者。如沪语"侬阿曾晓得？"官话作"你知道吗？""阿曾"即"吗"字，皆有疑问口吻，唯一则列于中间，一则列于语尾之不同是。（乙）次序。每课次序，如英文法程序，最便初学。首列单字，括有异音、异字两类。其排列秩序，宜依通行文法为之分类。例如，第一课单字，皆列名词；第二课，皆列形容词。与英文法程单字排列法相同。唯排列既依文法例，则异音、异字两类，不妨掺杂，可以助学者强记之力。单字下列异文法。唯此种无多，不必每课皆列入。次列官话十数句，即用从前已读之字拼成者。教授时，教员口诵，由学者译成文理默出，如近日学堂课程中译俗之例。约翰书院中文课程有"译俗"一门，其法，由教员用土白诵文一首，学者译成文理默出。今则易土白为官话，是其稍异处。又次，列土白十数句，即用从前已读之字拼成者。教授时，教员口诵土白，由学者口译为官音。

四、练习法。习官话半年，寻常应对，即可通用官话。偶有讹误，无须苛责。练习既久，自能纯一。期年小成，二年大成。苟教授得法，虽中材以下，亦能臻此程度。（按：蒙学堂学期泰半四

年，官话学科宜编入第三年蒙学课程内，每星期占二时。）

乌乎，英墟印度，俄吞波兰，金以灭绝国语为首务。然则国语顾不重哉！文明之进步系于是，国家之安危亦系于是。改良齐一，未可缓也。我国数稔以还，负牀之孙，乳臭未脱，辄能牙牙学西语。趋承彼族，伺其謦笑，极奴颜婢膝之丑态。及闻本国语言，反多瞠目不解者。沉沉支那，哀哀同胞，其将蹈印度之覆辙邪，抑将步波兰之后尘耶？乌乎，吾国民其何择！

春柳社演艺部专章

　　报章朝刊一言，夕成舆论。左右社会，为效迅矣。然与目不识丁者接，而用以穷。济其穷者，有演说，有图画，有幻灯（即近时流行影戏之一种）。第演说之事迹，有声无形；图画之事迹，有形无声；兼兹二者，声应形成，社会靡然而向风，其惟演戏欤！晚近号文明者，曰欧美，曰日本。欧美优伶，靡不向学，博洽多闻，大儒愧弗及，日本新派优伶泰半学者，早稻田大学文艺协会有演剧部，教师生徒，皆献技焉。夫优伶之学行有如是，而国家所以礼遇之者亦至隆厚，如英王、美大统领之于亨利阿文格。（氏英人，前年死，英王、美大统领皆致词吊唁，葬遗骸于寺院。生时曾授文学博士与法律博士学位。）日本西园寺侯之于中村芝翫辈（今年二月，西园寺侯宴名优芝翫辈十余人于官邸，一时传为佳话）。皆近事卓著者。吾国倡改良戏曲之说有年矣，若者负于赀，若者迷诸途，虽大吏提倡之，士夫维持之，其成效卒莫由睹。走辈不揣梼

昧，创立演艺部，以研究学理，练习技能为的。艺界沉沉，曙鸡晓晓，勉哉同人，其各兴起！息霜诗曰："誓渡众生成佛果，为现歌台说法身。"愿吾同人共矢兹志也。专章若干则如下：

一、本社以研究各种文艺为的，创办伊始，骤难完备。兹先立演艺部，改良戏曲，为转移风气之一助。

一、演艺之大别有二：曰新派演艺（以言语动作感人为主，即今欧美所流行者）。曰旧派演艺（如吾国之昆曲、二黄、秦腔、杂调皆是）。本社以研究新派为主，以旧派为附属科（旧派脚本故有之词调，亦可择用其佳者，但场面、布景必须改良）。

一、本社无论演新戏、旧戏，皆宗旨正大，以开通智识、鼓舞精神为主。偶有助兴会之喜剧，亦必无伤大雅，始能排演。

一、舞台上所需之音乐、图画及一切装饰，必延专门名家者，平日指导，临时布置，事后评议，以匡所不逮。

一、本社创办伊始，除酿资助赈、助学外，惟本社特别会事（如纪念、恳亲、送别之类），可以演艺，用佐余兴。若他种团体有特别集会，嘱托本社演艺，亦可临时决议。至寻常冠婚庆贺琐事，本社员虽以个人资格，亦不得受人请托，滥演新戏，以蹈旧时恶习。

一、本社所出脚本，必屡经社员排演后，审定合格，始传习他人，出版发行。所有版权，当于学部、民政部禀明存案，严防翻刻。

一、入社者分三种：

一、正社员。凡愿担任演艺事务，及有志练习者属之。

一、协助社员。凡捐助本社经费，或任各职务者属之（凡正社员、协助员，本社均备有徽章。惟现在经费未充，所有徽章价值，乞各社员自给）。

丙、名誉赞成员。凡中外士人，赞成本社宗旨，扶持本社事务者属之。

一、本社临演艺之时，或有人愿扮脚色，与赞助其它各执事者，虽平日未入本社，但有社员绍介，本社即当以客员相待。赞助本社出版事业，无论翻译、撰述或承赠书画及写真等，有裨于本社之印刷物者，亦皆以客员相待，概不收会费。

一、应办之事，约分二类。

1.演艺会。每年春秋开大会二次，此外或开特别会临时决议。（开会时，正社员、协助员皆佩徽章入场，另呈赠特别优待券二枚，以备家族观览。客员、名誉赞成员，各呈赠特别优待券一枚。）

2.出版部。每年春秋刊行杂志二册（或每季一册，另有专章）。又，随时刊行小说、脚本、绘叶书各种。（凡正社员、协助员、客员、名誉赞成员，所有本社出版物，每种皆呈赠一份。）

一、无论社员、客员、名誉赞成员，于本社事务有特别劳绩者，本社公同商决，当认为优待员，敬赠特别勋章一枚，以答高义。更须公议，以本社印刷物若干，为相当之酬报（仅捐资者，不在此例）。

一、正社员每月须出社费二元以下，三十钱以上（均于阳历每月初交本社会计处）。协助员愿按月捐助与否随意。

一、春柳社事务所暂设于东京下谷区泡之端七轩町二十八番地钟声馆。若有寄信件者，请直达钟声馆，由本社编辑员李岸收受不误。

此专章已经同人公认，应各遵守。其有未能详审处，当随时商酌改定。

图画修得法

　　我国图画，发达盖章。黄帝时史皇作绘，图画之术，实肇乎是。是周聿兴，司绘置专职，兹事浸盛。汉唐而还，流派灼著，道乃烈矣。顾秩序杂，教授鲜良法，浅学之士，靡自窥测。又其涉想所及，狃于故常，新理眇法，匪所加意，言之可为于邑。不佞航海之东，忽忽逾月，耳目所接，辄有异想。冬夜多暇，掇拾日儒柿山、松田两先生之言，间以己意，述为是编。夫唯大雅，倘有取于斯欤？

第一章　图画之效力

　　浑浑圆球，汶汶众生，洪荒而前，为萌为芽，吾靡得而论矣。迨夫社会发达，人类之思想浸以复杂。而达兹思想者，厥有种种符号。思想愈复杂，符号愈精密。其始也蟠屈其指，作式以代，艰苦万状，阙略滋繁。厥后代以语言，发为声响，凡一己之思想感情，佥能婉转以达之，为用便矣。然范围至狭，时间綦促，声响飘忽，霎不知其所极，其效用犹未为完全也。于是制文字、尚纪录，传诸久远，俾以不朽。虽然社会者，经岁月而愈复杂者也。吾人之思想感情，亦复杂日进，殆鲜底止，而语言文字之功用，有时或穷。例如今有人千百，状人人殊。必一一形容其姿态服饰，纵声之舌、笔之书，匪涉冗长；即病疏略，殆犹不毋遗憾。而所以弥兹遗憾、济语言文字之穷者，是有道焉。厥道为何？曰唯图画。

图画者，为物至简单，为状至明确。举人世至复杂之思想感情，可以一览得之。挽近以还，若书籍、若报章、若讲义，非不佐以图画，匪文字语言之不逮。效力所及，盖有如此。

说者曰：图画者，娱乐的，非实用的。虽然，图画之范围綦广，匪娱乐的一端所能括也。夫图画之效力，与语言文字同，其性质亦复相似。脱以图画属娱乐的，又何解于语言文字？倡优曼辞独非语言，然则闻倡优曼辞，亦谓语言，属娱乐的乎？小说传奇独非文字，然则诵小说传奇，亦谓文字，属娱乐的乎？三尺童子当知其不然矣。人有恒言曰：言语之发达，与社会之发达相关系。今请易其说曰：图画之发达，与社会之发达相关系，蔑不可也。人有恒言曰：诗为无形之画，画为无声之诗。今请易其说曰：语言者，无形之图画，图画者，无声之语言，蔑不可也。若以专门技能言之，图画者，美术工艺之源本。脱疑吾言，曷鉴泰西？一千八百五十一年，英国设博览会，而英产工艺品居劣等。揆厥由来，则以竺守旧法故。爰憬然自省，定图画为国民教育必修科。不数稔，而英国制造品外观优美，依然震撼全欧。又若法国，自万国大博览会以来，不惜财力、时间、劳力，以谋图画之进步，置图画教育视学官，以奖励图画，而法国遂为世界大美术国。其他若美若日本，佥模范法国，其美术工艺，亦日益进步。夫一叶之绢，一片之木，脱加装饰，顿易旧观。唯技术巧拙，各不相将，价值高下，爰判等差。故

有同质同量之物，其价值不无轩轾者，盖有由也。匪直兹也，图画家将绘某物，注意其外形姑勿论，甚至构成之原理、部分之分解，纵极纤屑，靡不加意。故图画者可以养成绵密之注意，锐敏之观察，确实之知识，强健之记忆，着实之想象，健全之判断，高尚之审美心（今严冷之实利主义，主张审美教育，即美其情操，启其兴味，高尚其人品之谓也）。此图画之效力关系于智育者也。若夫发审美之情操，图画有最大之伟力。工图画者其嗜好必高尚，其品性必高洁。凡卑污陋劣之欲望，靡不扫除而淘汰之，其利用于宗教、教育、道德上为尤著，此图画之效力关系于德育者也。又若为户外写生，旅行郊野，吸新鲜之空气，览山水之佳境，运动肢体，疏渝精气，手挥目送，神为之怡，此又图画之效力关系于体育者也。今举前所述者，括其大旨，表之如下：

图画之效力

实质上

普通之技能

专门之技能

形式上

智育上

德育上

体育上

第二章　图画之种类

图画之种类至繁綦赜，匪一言所可殚。然以性质上言之，判图与画为两种。若建筑图、制作图、装饰图模样等，又不关于美术工艺上者，有地图、海图、见取图（即示意图）、测量图、解剖图等，皆谓之图，多假器械补助而成之。若画者，不以器械补助为主。今吾人所习见者，若额面（即带框的画）、若轴物、若画帖，皆普通画也。又以描写方法上言之，判为自在画与用器图两种。凡知觉与想象各种之象形，假目力及手指之微妙以描写者，曰自在画。依器械之规矩而成者，曰用器图。之二者为近今最普通之名称。表其分类之大略如下：

图画

自在画

日本画：传自支那，颇多变化。今所存者，厥有数派。

土佐派

狩野派

南宗派

岸派

圆山派

四条派

浮世派

新派：汇集诸派，参以西洋画之长，谓之新派。

西洋画：明治十年后，欧洲输入者，流派颇繁，姑不具论。述其种类，大略如下：

铅笔画

擦笔画

钢笔画

水彩画

油绘

用器画

几何图

投影图

阴影图

透视图

第三章　自在画概说

一、精神法　吾人见一画，必生一种特别之感情。若者严肃，若者滑稽；若者激烈，若者和蔼；若者高尚，若者潇洒；若者活泼，若者沉着。凡吾人感情所由发，即画之精神所由在。精神者千变万幻，匪可执一以搦之者也。竹茎之硬直，柳枝之纤弱，兔之轻快，豚之鲁钝，其现象虽相反，其精神正以相反而见。殊于成心求之，真矣。故作画者必于物体之性质、常习、动作研核翔审，握管写，庶几近之。

二、位置法　论画与画面之关系曰位置法。普通之式，画面上方之空白，常较下方为多。特别之式，若飞鸟、轻气球等自然之性质偏于上方，宜于下方多留空白，与普通之式正相反。又若主位偏于一方，有一部歧出，其歧出之地之空白，宜多于主位。其他，向左方之人物，左方多空白；向右方之人物，右方多空白。位置大略，如是而已。

三、轮廓法　大宙万类，象形各殊。然其相似之点正复不少。集合相似之点，定轮廓法凡七种。

甲　竿状体　火箸、鞭、杖、棒、旗竿、钓竿、枪、笔、铅笔、帆樯、弓、矢、笛、锹、铳、军刀、筏乘等之器用；竹、蔺草、女郎花等之禾本类隶焉。

乙　正方体（立方平板体、长立方体属此类）　手巾、包袱、石板、书籍、书套、算盘、皮箱、箱子、方盒、砚台、笔袋、镜台、方圆章、方瓶、大盆、烟草盆、刷毛、尺、桥床、几、方椅、方凳、马车、汽车、汽船、军舰、帆船、衣服折等之器用；马、牛、鼠、鹿、猫、犬等之兽类隶焉。

丙　球（椭圆卵形属此类）　日、月、蹴球、达摩、假面、茶壶、茶碗、釜、地球仪、瓢帽、眼镜等之器用；桃、李、橘、梨、橙、柿、栗、枇杷、西瓜、南瓜、茄子、葫芦、水仙根、玉葱等之果实野菜类；鸠、家鸭、莺、燕、百舌、鹤、雀、鹭等之鸟类；各种之花类；有姿势之兔、鼠、金鱼、龟、茧等隶焉。

　　丁　方柱　道标、桥栏、邮筒、书箱、纪念碑、五重塔、阶段、家屋等隶焉。

　　戊　方锥　亭、街灯、金字塔、炭斗或家屋、建筑物等隶焉。

　　己　圆柱　竹筒、印泥盒、饭桶、灯笼、鼓、手卷、千里镜、笔筒等之器用类；乌瓜、丝瓜、胡瓜、白瓜、萝卜、藕、荚豆等之野菜类；鳅、鳗、鲇等之鱼类隶焉。

　　庚　圆锥　独乐、喇叭、笠、伞、蜡烛、桶、洋灯、杯、壶、臼、杵、锥、锚、电灯罩等隶焉。

　　又有结合七种之形态，成多角体之轮廓。凡花草、虫鱼、鸟兽、人物、山水等，属此类者甚多。

　　　　　　　　　　　　　　　　本文一九〇五年秋作于日本东京。

水彩画略论

西洋画凡十数种，与吾国旧画法稍近者，唯水彩画。爰编纂其画法大略，凡十章。以浅近切实为的，或可为吾国自修者之一助焉。

第一章　水彩画材料

第一节　绘具箱

绘具箱即颜料盒，铁叶制，外涂黑色，内涂白色，中以铁叶分划隔开，贮各种绘具（即颜料）。

绘具有两类。（甲）干制之绘具，与吾国之颜料相似。久藏不变色。惟用时须以笔搅之，易与它色相掺杂不能十分纯洁。然价值较廉，日本中小学校多用之。（乙）炼制之绘具，以溶解之颜料入铅管贮之，用时挤出少许，用毕所余之残色，弃去不再用。故其色

132

清洁纯粹，无污染之虞。今日本水彩画家皆用之。

水彩绘具共有七十余种，必备者约十六色，其名如下：

法名/英名

一、Blanc de Chine/Chinese white

二、Jaune de Citron/Lemon yellow

三、Cadmium Clair/Cadmium yellow pale

四、Cadmium fonce/Cadmium yellow deep

五、Ochre jaune/Yellow ochre

六、Vermilion/Vermilion

七、Grance fonce/Rose madder

八、Grance rose dore/Pink madder

九、Ronze de Pouzzolle/Light red

十、Violet demars/Mars violet

十一、Vert emeraude/Veronese green

十二、Vert Vegetal/Hookers green

十三、Indigo/Indigo

十四、Bleu de Prusse/Prussian blue

十五、Bleu de Cobalt/Cobalt blue

十六、Bleu dontremer/French ultramarine

今更说明其颜色并用法如左（下）：

（一）Chinese white（以下皆单举英名）其质细而纯白，即吾国之铅粉。水彩画家常用之，与它色混合，不损它色。大抵光线极强之部分，与远景之空气，用之最为合宜。

（二）Lemon yellow淡黄色，混红色能得肉色。空之部分，又草叶树叶之柔和调子，尝用之。

按：调子者，色彩调和之谓，与音乐家所用之名词"调子"、文章家所用之名词"格调"，同一意义。

（三）（四）Cadmium yellow pale and deep亦黄色，混红色或青色，能得华丽之色彩。（三）较淡，（四）较深。

（五）Yellow ochre不透明之柔黄色，与Ultramarine混和，得绿色。

（六）Vermilion不透明之朱色，混黄色彩用于明之部分，混Cobalt或ultramarine之蓝色，用于暗之部分。

（七）Rose madder玫瑰红色，无论明部或暗部皆可用之。与Lemon yellow或Cadmium yellow混合得肤色。

（八）Pink madder亦美丽之淡红色，绘人体或花卉必用之具。

（九）Light red灰红色，与吾国所用之赭石相似，其用甚广，与ultramarine混合，得灰色。

（十）Mars violet半透明之肉色，与它色混，能得美丽之色。

（十一）Veronese green美丽之绿色，绘人体或树木山野，不论明暗部分，皆可用之。

（十二）Hookers green亦绿色，较前稍深，其用甚广。

（十三）Indigo不透明之暗蓝色，与黄色混，得绿色。

（十四）Prussianblue透明强蓝色，混黄色，得美绿色。又画天空与水面，得清澈之趣。

（十五）Cobalt blue半透明之美蓝色，不论明部暗部，皆可用之。混朱或红，得紫色，少加黄色，得温灰色。又画天空或水面，常用之。

（十六）French ultramarine半透明之青色，阴影部分多用之。混黄色，得种种之绿色。

以上所言，特其大略。至配合之方法，皆在自己实地试验，神而明之，存乎其人。故不赘述。

其绘具箱之价值，最廉者一角八分，笔二支，干制颜色十色附（日本制），然粗劣不适用。最昂者约十元左右（英制或法制），炼制颜色十余色附。

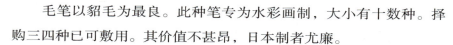

第二节　笔

毛笔以貂毛为最良。此种笔专为水彩画制，大小有十数种。择购三四种已可敷用。其价值不甚昂，日本制者尤廉。

海绵笔洗画上之颜色用，大小有数种。

铅笔画草稿用。H者，硬之记号；B者，柔之记号。若记号递加者，其硬柔之度亦递加。学者择与自己顺手者用之，不必拘泥。

第三节　纸

第一种OW纸此种纸为英国水彩画协会之特制，在日本购，每张四角。

第二种Whatman纸（译为"画用纸"）此种用者最多，其价亦稍廉。

此外各种纸，皆不适用。不赘述。

第四节　画　板

有大小数种，或自制亦佳。惟木料须坚而平，俾不致有凸起之虞。

未画之前，将画纸裁好，铺画板上，用净水拂拭数次。迨纸质湿透，用纸条抹浆糊，贴其四周，待干后再着色彩。

第二章　水彩画之临本

欧美新教授法，初学绘画，即由写生入手，不用临本。然吾国人知识幼稚，以不谙画法者，强其写生，如坠五里雾中，有无从着手之势。况水彩着色，最为复杂。倘不先用临本，知其颜料配合之大概，即从事写生，亦有朱墨颠倒之虞。故初学水彩画，当先用临

本。迨稍谙门径，然后从事写生，较为便利。日本水彩画临本，无佳者。以余所见，英国伦敦出版水彩画帖数种尚适用。胪列其名如下：

Vere Foster's Water Colour Books

（1）Landscape Painting for Beginners First Stage（山水）

（2）Landscape Painting for Beginners Second stage（山水）

（3）Animal Painting for Beginners（动物）

（4）Flower Painting for Beginners（花卉）

（5）Simple Lessons in Flower Painting（花卉）

（6）Simple Lessons in Marine Painting（海景）

（7）Simple Lessons in Landscape Painting（山水）

（8）Studies of Trees（树木）

（9）Advanced Studies in Flower Painting（花卉）

（10）Advanced Studies in Marine Painting（海景）

以上一至七，皆浅近者；八至十，皆稍深者。以上各种，日本东京丸善株式会社有售者，每册价值约在一元以外。

每册有画十数幅。每画一幅，有说明论一篇。虽英文，然甚浅近。不通英文者，不妨略之。

本文一九〇五年冬作于日本东京，又名《水彩画法说略》。